中国诗人

李陈陈

著

WEI●
未

CENG●
曾

XIANG●
想

DAO●
到

北方联合出版传媒（集团）股份有限公司

春风文艺出版社

·沈 阳·

图书在版编目（CIP）数据

未曾想到 / 李陈陈著. —沈阳：春风文艺出版社，
2017.12（2021.1重印）
（中国诗人）
ISBN 978 - 7 - 5313 - 5343 - 0

Ⅰ.①未… Ⅱ.①李… Ⅲ.①诗集—中国—当代
Ⅳ.①I227

中国版本图书馆CIP数据核字（2017）第290768号

北方联合出版传媒（集团）股份有限公司
春风文艺出版社出版发行
http://www.chunfengwenyi.com
沈阳市和平区十一纬路25号　邮编：110003
永清县晔盛亚胶印有限公司印刷

责任编辑：张玉虹　　　　　　　责任校对：于文慧
装帧设计：琥珀视觉　　　　　　幅面尺寸：125mm × 195mm
印　　张：9.25　　　　　　　　字　　数：165千字
版　　次：2017年12月第1版　　印　　次：2021年1月第2次
书　　号：ISBN 978-7-5313-5343-0
定　　价：38.00元

总　序

中国是诗的国度。千百年来，人们沐浴在诗歌传统中，传诵着一代又一代诗人们写就的经典之作。而伴随着现代社会和互联网的发展，信息的传播和接受更加便捷，诗歌的阅读与创作方式也在潜移默化中被改变，在信息量无限扩大的互联网世界，远离喧嚣、静赏诗意显得尤为珍贵。

中国诗歌网正是在这样的背景下应运而生。作为国家重点文化工程，中国诗歌网以建立"诗人家园，诗歌高地"为宗旨，迅速成为目前国内也是世界诗歌类互联网专业出版平台和中国诗坛最具权威性和影响力的文学阵地之一。

互联网时代诗歌创作的便捷激发了一大批诗歌爱好者与诗人，他们在公交车上写诗，在工作间隙写诗，他们创作的诗歌作品贴近现实与生活，在追求好诗的道路上不断前进。春风文艺出版社有着久远的诗歌出版史，

《朦胧诗选》和《汪国真诗词精选》，曾一度畅销。近两年，春风文艺出版社一直致力于打造优质诗歌的品牌。本着推介中国当代诗人的原则，中国诗歌网与春风文艺出版社决定联合推荐出版"中国诗人"诗丛，共同打造"中国诗人"这一诗歌新品牌。该诗丛计划出版百部优秀诗集，在注重诗歌质量的同时，力求结合互联网与传统出版的优势，通过直观的文本呈现向读者介绍一批热爱诗歌、坚持诗歌创作的诗人，以期汇集中国当代诗歌优秀成果，展示当代诗人的创作实绩与创作风貌。

作为国家文化工程的中国诗歌网，推出"中国诗人"诗丛，也是在整个民族复兴的伟大进程中展示中国人崭新的精神风貌。因此，我们在百花齐放的诗坛，特别关注有家国情怀的厚重力作，提倡来自生活的独特发现，鼓励创新探索的艺术精品，推崇高雅纯真的诗情意趣。我们希望这套"中国诗人"丛书是体现诗坛正能量，能够引人向上、向善、向美的诗歌佳作。

我们满怀期待，我们也真诚希望广大诗人和诗歌爱好者关注这套诗丛，与诗同在，我们为此感到自豪和幸福。我们期待更多的诗人加入我们这套丛书，我们也期待这套丛书走进更多读者的心田！

叶延滨

2017 年中秋前夕于北京

目　录
CONTENTS

理想的春天

目 录
CONTENTS

目　录

CONTENTS

目　　录
CONTENTS

目　　录
CONTENTS

一个人唱情歌

目　录

目　录
CONTENTS

目　　录
CONTENTS

目　录
CONTENTS

目　　录
CONTENTS

目　录

目　　录
CONTENTS

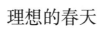

理想的春天

31日的你

发现

31日的你

去了很多地方

你路过我的家门

你愣了一会儿

你觉得这里高高的窗台和下面的黄月季花很熟悉

顺着园子里的狭路

你继续向前

你停在伍叔叔家楼底的金鱼池前

呆看了一会儿

弯到陆新星家平台上

下来到西边的大路上

下午四点钟的阳光斜成三十度角的一支光路

你眯眼想走上去

地上印出你的影子

你出神看了一会儿

和你不像

又抬头望望远处

远处的深山有你的理想

一眨眼

你到达了石像下面

躺下睡了

很想和你一起躺在那片秋草上

问你呢

你这么悠然，因为什么

你这么爱着生活，因为什么

我妈妈像爱我这么爱你，因为什么

八 月

和夏花一并离去的还有一个个轻梦

它们来时的纯真和洁净

盛夏暴雨般地生长
缓慢的情思不一定来得及盛开

它们会跟着后面的秋天再次踏歌而来吗

秋叶、炊烟、鸿雁
总在这个时候——静坐天边
它们会带着我返回微笑又辛辣的旧日
在异乡的每一步里
让我想着归宿

万物并没有依赖
在春生秋落里
我和它们一样学着缄默和悲伤
除了感谢和回馈的力量
柔韧的生存没有其他的资本

梦和思想
你们走吧——

那些文字和声音

红花和光芒

夜间清冷的湖水和晨风

白色的云朵

斜悬的弯月——

都是青春时光的码头

愚人的码头

此刻

我只是八月

我只是这个月

我只是这个月枝头上的一片圆叶子——

唯一的成果

办　法

不能解决的问题

也不能留给时间

不能留给妈妈

不能留给理性

也不能留给未来的爱人

谁把我们的生活撑大

我们就用手指戳破

在欠缺和深爱之间

我们会放弃对外边的注视

躲进一首首的诗词里

沉寂不是我们的手腕

世故的规矩

它为难的又岂止是我们

梦想、回忆、煽情、伤心

它更愿意痴情谁

五月的缠绕里

我们越发地柔软

打倒这个春天

是眼前最大的任务

北　窗

怎能面对北窗这一窗静静的灯火、草树

这是个春夜

晚风从湖面越过，停在了窗框前

花盆里的土豆，它们发芽了

它们将开始吐露它们这个家族繁荣富强的秘密

这个春天

所有的种子都要回到土地上

它们会在风里跳舞、欢乐、交流、倾诉

直到心想事成

直到精疲力竭

红发夹

布娃娃

绿信封

被冬夜晒干的一把把梦

春天里，都要回去了——

很远处

一条条路通向四面的地平线

人们在那爬上爬下，出现或消失——

有一些声音很近，有一些声音很高——

他们仰面大笑

他们低头痛哭

我刚从寒冬睁开的眼睛，开始绿了

又一个夏季要来

迎春花和仙人掌被移走了

绿萝会高挂在北窗里

爬山虎将占用这里的墙壁

会有小鸟来纳凉

人生被逼着放弃的原因和结果都是一样的

为了温暖和清凉

我们无数次地向左向右

怎能面对这盎然的北窗

春天里

苍白的我们是多么的多余——

不 能

无话可说的只是你吗

我也在岁月的背后生出悲哀

我也不明白

生活怎么这么旖旎和奇异

耗尽食物和睡眠

泥潭这边

一朵朵红色的莲花

清晨开得泪流满面

泥潭那边

无数的潮水挤满山川河谷

无边无际的只有岁月吗

它让我们的年华日益柔弱

长路太长

湖水太多

我们对世间的理解加深

我们之间的理解变浅

一念之隔

我们总是不能相爱

锦衣夜行

这一夜封住了之前所有的夜晚

光天化日下

我不要知识

不要智能

不要欣赏

不要倾诉

世间就变得很平坦

我落地成院

日出而作

准备固守生活青蔬的本意

锦衣夜行的恋战

莲出水面的光亮

——脱落的矛和盾

我们身轻如燕的今天

当沉重的肉体长出轻羽

当厚实的尘世薄如蝉翼

我该感谢谁呢

枕边哗哗淌过的潮水啊
它们依旧无家可归

从此以后
我和生活之间了无牵挂

我是生活的一部分

嘲　笑

生活
在一个人这里很小
你的左顾右盼污辱着谁
五月的夜晚
被诗句和歌唱洗礼
我们并不依靠你

时间清澈
世故的所得不过是自己的酒窖和米桶

诚实谦虚的大地上

河水深情

彩蝶自由

万物奉献

为爱所苦的人

也是为生命所苦的人

尽力而为的每一天

都是一种骄傲

我们用光明辨别阴沉的路数

守护着无声的真相

并不是自生自灭

在我的生活里

会被怎样掌握

在我的思念里

会被怎样相待

花开的篱笆前

你再聪明

我也不会嘲笑你

晨　起

谁还这么年轻
一大早
砍掉一院子的冬青
种上结果的葡萄树

愿望和人能有什么关系呢
总是被我们轻易地占有
又轻易替代

爱都不能让什么天长地久

我们生生不息的人生
其实
总是此时此刻
总是一无所有

成人童话

亲爱的，我走了
离开你的话语之外
世间的标准之外
像那只小小的瓢虫，我吃饭、睡眠、晒会儿秋风
——这也是人类的生活
——幸福细微的根连入地底下

再也没有痛苦的事
月光和月光下长长的小路，湖水哗哗着响
哗哗着响
——湖水在我们自己的躯体里

有时
我们也美好
美好得像一本童话

此时此刻

夜晚的你在哪里
你是夜的植物
春夜是一望无际的宁静的大草原
你在沉睡里

夜晚的我在哪里
我是夜的动物
身边霓虹闪烁处
醉生梦死
我看上去的健全美丽

夜深人静里
我无处放置的身体
脚步在黑暗里一深一浅
家啊
灵魂的银河
并不在他们认为的那些有光的地方

它匿在那一弧天真温柔的洞穴

悠长悠长的紫藤

遮挡着的安全的深处

——想你，做我此时此刻的家

冬　至

爸爸，告诉我

为什么为我起这样的名字

为什么每个冬天我都这么冷

还让我在这里栽种美梦的花

爸爸，告诉我

为什么经过这么多年

我仍然不快乐

为什么总有一副面容

只肯在我眼前迷离，不肯清晰

爸爸，告诉我

为什么一些事总是那么复杂

当我对它们展开一张笑脸时

为什么它们就变了样子

变得面目全非、躲躲藏藏

爸爸，是不是我错了

我不该来这碧绿的山城

是不是我错了

我不该去爱那古典的雕栏

是不是我不该面对

面对这大地

那么大声地说：我真的爱它们

我要把人生最美的一段献给它们

爸爸，是不是我不该

不该离开你

和它们共同生活

我曾向你保证我自个儿承担一切

是不是，我能趁现在

赶紧裹起所有的伤口

在这第一场大雪溅落前离开

面朝大海，春暖花开

爸爸

把泪凝聚成片片雪花

那是天之大爱

我这轻轻的泪水

滑落在这冬至里

是我对生活的无知

对　峙

你站在远处

领带望着雪纺裙一样

注视着我

光阴落在后面

这是第几次的对峙

我在回来

莲花般的东归路途

我们的过往早已失去最初的意义

你的那些指导

像是蔓生的藤茎

引我一路到达了岁月的天涯

一个人的力量到底多大

穿过你

我就能和这世间直接相接

森林，夜空清澈

高楼，灯红酒绿

从此的虚无

这是你给予我的最好礼物吗

我再也没有爱

海棠花和芙蓉花都是花而已

很多美好的词掀起污浊的土埋葬了我

如今我像一只白蝴蝶一样轻浮

万象的花园

物质的笑容

一缕缕的空调风

从何说起的友谊

更多的真挚

我留下

奉养曾经的自己

恩　泽

这个春天

所有的花又在开着

老了的世间

冷漠地看着

花朵和美丽

没日没夜地青涩生长

此时与它无关

第一批春桃要到五月成熟

总是

一株株植物养育着我们和人间

而不是

我们和人间养育了一株株植物

发　现

对日常生活
我总是无话可说
在红酒和梨山茶的劝慰下
我每天做着良民
生活在每天的日程表里

一些有缺失的人
总是在人前高声和骄傲
一些幸福的脚印
却在岁月里落得很轻很轻

如今
我会轻易地爱上一个人
很快地爱上一群人
兄弟姊妹般地
成全着更高的快乐

读诗的愁苦

听歌的感动

生存的蹉跎

梦境的辽远

让我身如柔软水草

我的笑容很容易丢失

这念生念灭的尘世

留不下我的一点爱恋

否　定

这世间诸多事物仅供消遣和娱乐

好似春风吹拂过的茶壶

喝出的一阵阵的桃花味

一个眼前的春天能轻易地打败之前所有的春天

一碗温过的热酒能忘怀天涯奔走的孤苦

一个宁静的夜晚能轻易否定这世间的飘摇无助

不要心事重重

不要活不过一墙草和一只花猫

太阳和时间的溺爱里

一片片中年的光阴

轻薄如蝉翼

过　客

离开，或停留

沉寂，或喧闹

冷淡，或热烈

轻闲，或忙碌

庵堂僧袍的她们，或街头花裙的我们

一张张过客的脸庞而已

此时此地的真，或从此以后的假

一段接一段的路上

身不由己

是谁让我们做了这世间的过客

爱不能够永远

恨不能够永远

短促的一生

卑微不已

好 姑 娘

是风、是水、是土地养大你的吗
你善言好语的模样
是好时令的花朵

那开着红蔷薇的灰黑的栅栏下
我扔去了金拐杖
不去天堂了

在语言藏进发白的树枝
在月光被当着小白兔宠爱
在天空一会儿晴亮、一会儿灰暗的深秋时节
我要回到十七岁的书本里
重读有关描绘未来的诗句

就像你这样吧
月季花般的姑娘
我不再等待来自天上的星光和远方的雨

我要靠自己的情感

茂盛地长大

河流的方向

你有时会奇异

大地上为何有河流

当你认真地凝望

当你细细地在脑海回想

你的心里会有默默的激动

它们

一直存在

一直流淌

一直波光粼粼

一直流向某个地方

它们安静

它们从容

它们激越

它们奔跑

无数的水珠拥挤相伴

穿过你生命里的长长的路途

我喜欢那一条向西又拐弯向北流淌的河

流向很远很远处

最后成如梯的白练

连接了天堂的门口

它优柔的方向

像我思念的方向

像我友谊的方向

像我内心沉默的方向

像我最初和最后的方向

黄昏絮语

那一晚的痛苦和此刻一脸的愉快

是多么相似

你是否真的幸福

有多少花开在心里

不被人看见

被我嫉妒的下午时光

你又猫在哪里

呆望着细碎的街道

漫无边际的每一天

守着树影的悸动

春天

又一年的春天

对我

对你

意味着轮回

还是厌烦

总是日复一日吗

换下便装吧

也许你打起领带

我蹬上细跟鞋

身旁的世间才不卑不亢

记　忆

你像一只雄孔雀对我开着你五彩缤纷的屏
孔雀的屏就是它的尾巴
里面还长着不该裸露的屁股

可你如无香的海棠
如轻薄的桃树
日日向我炫耀着
你那有限世界和薄薄书本中收获的见识
津津有味地呈现着你自身的喜好和长项
并且对我的蔑视视而不见

你那些每天扑面而来的图片、音乐和文字
我几乎不看
你居然同时奉献你美味的食品和永远的笑容
你明明知道我心中的轻视和厌烦
你打扰着我喜爱的阴凉光阴

而我明明也应该知道

任何怒放的花朵都有一粒安静的内核

你通向自由天空的长路其实只需要我湖水般的沉默

寡言和秋雨般的无情无义的存在

你不要我的回应和赞扬

甚至不要我实际的友谊

茫茫世间

你喧闹地在你默然的心间追赶你自己的小路

你只是喜欢看见我，如看见路途原野亮着的橘色灯光

今天

你隐匿在你生活的果核里

自成着你今生的生生不息了

湖边幽道

夏风街头

一树树静默的绿叶是此刻的你吗

一卷卷山边停泊的白云也是此刻的你吗

它们

是本来的你吗

是最终的你吗

是我曾经轻怠、厌烦

到最后无限思念的你吗

结　果

那多汁饱满的生活属于了谁

你离春天总是很远

谁让你汗颜和伤感

天黑后的容颜又叫谁去耐心阅读

道德的距离就是人生的距离

跨过去就是安居乐业

踏进个人生涯的千山万水

不要在歌声和啤酒里表白和原谅自己

回头从来没有岸

愿意失去的方法就是迅速开放

让青春的纯真马上凋谢

从此轻浮如舟

没有结果的五月

天很蓝，树枝很密

大路小道上

我突然看不见你

我们之间的问题很小

狭路相逢的灿烂里

我对你不温顺

你对我不憨厚

投其所好

始终不是我们喜爱的方式

解　脱

那么地了解后

语言其实就没用了

一根稻草也能致命

春天永远年轻

唯有我们正在老去

谁在谁的道德和责任里面穿越

爱曾经是上帝

如今是子民

寻常的未来里

还会有什么神话可以继续传递呢

微笑如花

昨夜的正果

是我从今以后的风吹雨打

不恨了

就是手指一样柔柔的爱了

轻触人世

日夜静静流淌的江河水啊

你要比我幸福

空　心

一个人能把世界上的哪些事物装进心里

风吹着

雨淋着

太阳晒着

大雪覆没着

——如此

多少年以后

我们还有什么能够留下

没有哪颗心是故意遗忘

很多的夜色属于过我

很多的诗句属于过我

很多的理想属于过我

一条身后的路

如今长满了高高低低的草

走过的，忘却

做过的，再做

回光返照的天空

一朵朵听天由命的云

真好看

老无所依

一只背包

一小筐发圈

一件连帽棉外套

一条牛仔裤

大声说话

语调平和

步履轻便

和这春天的树木一样

迎风沐雨

客观存在

所有奇异和深刻的物质和事件

终于被岁月融化了

简单成一个个的有和无

去和留

我其实已经在远离你了

身体里面

许多现实生活给予的习惯和喜爱正在马不停蹄地逃逸

它们不堪我此刻这样清心寡欲的折磨

空寂的世上

我们正在一无所有

老无所依里

我只留微笑和高跟鞋

离　歌

也许
也许冬季的
一面窗户后
一片冰层下
一座山的另一边
便是淡红色的春日斜阳

你如今常常微笑着
让我已经记不起你从前的样子
过去像雨水
浇灌出我们树叶般的清亮

花开的霎时
天荒芜了
地老去了
人间旋而就关上了那扇通往花园的门

一年一年

一季一季

剩下的只是结尾的意义

你会悄然离去

而我会忘了这世间

我来过

你来过

现在还有人正在经过

离 开

认识你后

日子变得虚无

身边的人都开始陌生

风吹着一切花草

街头沧桑

我看见了蓝天深处

我把脸埋向那里

没有一片云看见

那些

生的苦累

死的寂寥

岁月荒凉

你也不是悲伤时的花手绢

不必理解我

如同不必理解掠过你身旁的这初夏的风

它们或疾或缓

做着它们自己一阵阵轻渺迷惘的梦

你离开后

我依旧很瘦

许多彩色的果实喂不胖我

烈烈的太阳烤炙着每一个日夜

在梦里

在初夏的热风里

在你远方的想象里

在无数诗篇和纷呈万千的观点里

一切依旧扑面而来，防不胜防——

我回眸即老

不　能

不能想你

也不能想明年、后年

我觉得窗外一年年的桃红柳绿就是嘲笑我

我如今连一抔土壤都不如

杂草都长不出一根

春风再也吹不绿我

重复日子没啥意思

在万事万物里找最初也没有可能

一双看烂的泛白的眼膜

我不知自己怎么这么快

心就腐烂掉了

认识你

我看过的书太多

梦过的幻境太多

倾听窗前明月的耳朵也聋了

耗尽了童年赐予的所有欢愉和渴望

此刻我希望平庸卑贱如沟草

苟活在没有你看见的地方

能有一份泥土呵护的轻松和无能模样

理想的春天

路上、河上、地上、天上

到处长满了事物和事物的未来

你不感兴趣和鄙视的一部分

有些双脚正站立在上面

他们自得或愉快着

露着不像你以为的表情

我看见了

每一年的春天

你的思想总带着情绪

你的行为夹杂着自我

所有的

所有的爱和恨都是偏见

当丑陋和嫉恨被呈现
只有食物、金子和口红被需要
风吹拂着的浮世上
你又如何地开始悲天悯人

要你心如春光朗朗普照
燃烧着自己，奉献给众生

要你像轻风、明月、空山、流水
淡漠着自己，自由给众生

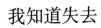

我知道失去

恋恋风尘

一直这样活着

我是我自个儿的一亩地

一面墙

我愿用真爱的梦想耕作和涂抹

拒绝方法

不用形式

听了一夜的雨

那行行苦难的雨水

也浸湿了我一夜的灯光

而我注定要生长

饱满

没有更好的路线了

我用苦难去超越苦难

用美好去感受美好

让我相信

让我看到

如果救苦救难能拯救她

——我可以满身伤痕

——我可以一无所有

如果她现在说离开

我依然会号啕大哭

我的泪依旧会那么苦

除非你让我生下她

我的天使

那嘚嘚的青草味的马蹄声

停靠在我的深夜

当她是路过的风吗

更长时间里

我埋头

耕作自个儿的一亩地

涂抹自个儿的一面墙

我是种子

也是果实

是颜料

也是一幅图画

愿时光的流逝

让我随风飘荡

愿时光的流逝

留下恋恋风尘中

她美好的样子

辽　阔

再也没有什么可稀罕的

人生在此刻已开始可有可无

辽阔的脚底，辽阔的心境

你一路走过来的样子说明着你的一切

沉默寡言都不管用

人生如过沧海

遇见的都会是一份份的沧桑

我们也不算红尘里多么温暖的光

余生的浓荫下

我要用那辽阔的距离为自己的今生流放

不再毕恭毕敬

我只要心安理得着

我只要脚踏实地着

我愿此后借云彩和星星来表达存在

遥望你如月亮

俯瞰你如大地

好似今生是我

来生是你

无法相遇的念念不忘

领　悟

你的忧伤无须安慰

就像雨水落向大地

大地无声接纳

就像梦话回转在夜晚

夜窗静默地在听

道具和工具

细碎步和荷叶裙

白白浪费和只取所需

想不开和自得其乐

你大脑里这些进进出出的小蜜蜂

为你采集这滴滴生命之果汁

你始终含苞待放着

我只需站在春天的外面

看你和多彩的春天生活在一起

我只需站在你的一侧

和你生活在同一个时代里

六　月

应该如何去赞赏此时的所见所闻

比如六月里的一株麦穗

此时低首在炎热的田头上

金黄如烈烈的酒意

比如细碎的荷叶

此时温良在青绿色的湖水里

圈圈如少女的发髻

有限的知识

有限的路

一朵蔷薇正在一方墙头过完它的今生

它心满意足地凋落

三月来，六月去

花朵的一生

最早抵达水草边的梦

正在悄悄离开

一丛丛的花枝和溪水

掩藏了它来过的足迹

从春天赶来的鸟声

传向很远

青蛙喧嚷着又一个夏令的来临

夏天怎么来的

你怎么来的

春天怎么走的

你会怎么走

我总是不去想

此刻的树荫下

春天是一枚粉粉的发夹

夏天是那条蓝蓝的长裙

秘　密

你停下来了

你说你就长这么高了

在这山高江深的土地上

在某个高楼下面隐匿着

在一片片茂林之中瘦小着

你已无所谓

短促人生

你梦想过

追赶过

可太阳下山太快了

无论人生多么道貌岸然

无论身边人多么正气浩荡

一条条的通天大路

恍如云梯

站上去的人都懂得坠落

世事啊

总是开头很好

一个个水深火热的幻觉后

窗台上每晚的白月光

就长这么高了

在岁月的剪刀下

哪有多余的生长

在相处的啃啮中

大家清瘦如竹

心里的籽

一粒粒像是无言的结局

面　目

——祭老郭

你怎么轻轻一笑就走了
人怎么才能活得善良和温暖
你心里装着多少煤炭
岁月的冰冷里，一捻不灭的火苗

我怎样做
才能心安理得地生活着
每天安分和友好
静落如片片阳光
一代代的人生楷模里
生命呈现的是什么面目

我背着的这个尘世
和那些学会的挣扎和忧伤
能怎么放下
许多说的、做的
把我带向更远的地带

那里只有荒凉和孤苦

人间的面目是什么样
夏夜溶溶
树影摇曳
一双双大手
人群的笑语
高天厚地
柔软友爱的红尘
是我一直寻找的本相

一年年里
我用力得到的
我最终失去的
如今却斑驳似前世轻梦

廊前的今生中
只有你轻轻的笑
它们忽前忽后
它们天上地上

陌 生 人

唉，陌生人
你从哪里过来的
月亮
宋代
明清小说
衰老的晚年
还是如春的闺房
遥远的地平线

你是我想要住下来的家
还是我忧伤夜晚思念的故乡
你只是我之前长大的道路
还是我一直追寻的云彩

我眼里的陌生人
你的眉间咋挂着一片岁月的绒帘

人和人怎么才算熟悉

转眼间

我就记不起你的样子

你怎么总像一个陌生人

站在我的面前

那株梨花

你说你喜欢那株梨花

我不懂

你说不出

它有几瓣

它何时绽放

它何处最美

它一树雪白的样子像什么

你喜欢那株梨花

你喜欢的是什么

它是你的心旷神怡的一瞬

是你的青春梦想的刹那

那株梨花有花蕊

它伫立在山坡其实平常无语
我想说
你对一株花的许愿该是什么
你的喜欢犹如风吗
对于那株梨花的爱抚
能是一场绵绵湿透的春雨吗

你说你喜欢那株梨花
我不懂
你不懂它，也不想懂它
就对它轻言爱意
它会落泪

尊重爱、自己、人生
还有梨花

你

为什么非要用沉寂去叙述爱慕
为什么非要用死去证明生呢

当我带着一整座城池的忧伤

你幽暗的小河是否可以载动

你不是友谊

人生的虚妄里

咖啡是

白酒是

黑夜是

妹妹是

你是谁呢

星星吧

月亮吧

夜风吧

王子吧

是一季的春光

几年的荒凉

是所有的遗忘吧

最明媚的笑容

就像泪花

是你

是今生所有的爱

和所有的痛

是昔日又重来

是得而复失

你的主见

你的那些肯定的话

一直凝固在左侧的窗棂上

山边梅树绯红成片

院落里玉兰花含苞欲放

早春的二月和你一样

闪耀着生命的光线

而我

怎么也望不到月落的尽头

怎么也理不清那一句句悠扬的话

连每晚的风吹着都不一样

多少年了

仓皇的生活里

你是路途两边笔直的树

我是游离的云彩

普 通 人

普通人的情感总是看不见的

就像那一年我站在他的身边对你微笑似的

白云遇见高树

遇见群山

遇见弦月

那都是天上美景

而遇见另一朵云和更多的云

可能就是人间潮湿的雨季

长河西落的霞光

我们被不被爱恋的部分在日常和夜间养育和陪伴着

普通人的强大在于善解人意

夏日的阳光静谧

优美的午后

树影斑斓里

我愿意看见你陪她相守在这个世界上

那个必然的死

这个此刻的生

到如今都已失去它们曾经让我肆意虚妄的分量——

当我知道我是你眼里的普通人时

我对一切都无动于衷了

山风四起

夜鸟惊飞

流星掠过

大地慈悲

给你的那份爱恋是我对爱情的诗意

七月的禅语

一步步走向你的

是岁月深处的跫音

七月浸没在水底

归隐进山林

一枝荷花的冰清玉洁

是七月所有的境界

当理想成为生活

你出淤泥而不染

风扫过静静的平原

大地在无声地燃烧

曾经春天的笑容

深深地缀满着岁月的枝头

七月里

碧绿的叶片

浓浓的绿荫

散落着一地地的幽梦

记忆是落花还是流水

一日日吹过身边的

是一阵阵滤尽灵魂的清凉吗

七月的热焰

黑黝黝的双脚

踩在苦难的心田上

"置之死地而后生"

蝉的声音

在午后的静谧中

高鸣着七月的禅语

其　实

知道吗

我其实愿意失去你的

甚至

从今年春天起

就准备不相往来

记忆的馈赠里

痛苦的暴风

艰难的细雨

继续浇灌着生活粗壮的根系

一切算什么呢

甚至美好和品德

无可匹敌的人间规律下

羞愧和尴尬也微不足道

我会笑了

对着满桌子的陌生男女

知道吗

转眼即逝

知道吗

大同小异

世间的事情真不必珍藏

某个春天

像我的童年而已

你是滑梯上的哪位小伙伴

青春墓志铭

蓝和绿的相爱

我曾经以为那是大地最美丽的一幅画

阳光照亮的树间、山川、远方

我曾经以为那是世间很温暖的地方

这条春天的道路究竟多长

一朵朵栀子花的季节里

风吹往哪里

我想去哪里

心里疼着

看一棵棵的树一天天不一样

夜晚的路灯下

它们熠熠发光得越来越阔大

满枝丫生长的青绿绽放我的头顶

一身风花雪月并无新意

在热汗和顽固的现状里

栀子花开放的命运

只是一份堕落的纯真

不能面对这样的日和夜时

我也无权指责生活

我把头和脚

埋进了土里

蓝和绿

和阳光

成了我青春坟墓上的风景

和墓志铭一样

和满山的山丘一样

生如夏花

这一年，在这片山坡

我没能停住

我用力张开了所有的翅膀

冬日的山崖在照耀下依旧寒冷

在我欢笑时

天依旧蔚蓝地对我泛着梦想的光芒

在我伤心时

天依旧无边盈盈地蓝白着

告诉我

这徒劳的一年

这美丽的一年

这短暂的一年

这永恒的一年

静静站住成了唯一的姿势

这会儿

山无言

天无言

空气无言

远方无言

所有爱和誓言、落叶都去了哪儿

我松开了这个尘世

在这片坡上啊

我生如夏花

一个微微的笑里

我接住了一山的春光

被你爱着——

而一切

如此自然

如此温柔

如此让人不信

如此转瞬即逝

当你看见那双

淬过火的

浸没过泪的

不再乞讨的目光

你愿生如夏花

你愿永远离开

十七岁雨季

——致 ZF

不要通过我来证明你

今生就是你的一棵树

你在上面长大、开花、结籽

就是生命的意义

世界都是你的

我们只是你彩霞般的背景

一路奔跑

无牵无挂

自己证明

自己照耀

思　念

不能再说那么多关于自己的话

说说面前的白酒

和满桌子的好菜

今夜，它们陪伴着我们

很多沉寂的事物养育着我们

又有多少人生活在表面

和自说自话里

我春天认识的一个朋友

他一直沉默

思念他的时候

我会同时思念着绵延的远方

湖水

童年

许多未被理解的知识

山里的一枚枚金色的树叶

它们在此刻无声地落下

当朋友和土地一样辽远时

天很晴朗

我总是认真地工作

死亡尽头

那年的春天

你就在路的尽头站着了

我一点儿也不着急

已有尽头的人生多么闲适

我每天晃悠

对人无礼或谦和

谁亲不亲我

我一点儿都不在意了

没了远虑

我连头都不用抬起

脚下的路

都是别人的了

有人走得真快

还咯咯咯地笑着

走向死亡路途，真的有这么开心吗

墙边柔柔的柳

湖边默默的水

此刻是我的今生知己

生的一路

只能如此

只愿如此

桃李不言

为一株桃树浇水时

你并没有看见什么

整个冬天被一场接一场的雪相隔着

我其实翻不过

我一直等着太阳过来

山南边，野草盎然

我每天想象

一分钟，一小时，一夜

一年，又一年

我的桃树看不懂我的安静

鹅黄色的土墙边

一缕缕晨光点亮着春天的粉颊

情如此

生如此

你如此

也许

不是我在这世间行走着

而是这个世间在我的心上行走着

天 上

我的矜持和你无关
你不必玩世不恭
自食其力的年龄
一切的特性都属于自己

当痛苦吃出了蜜糖味
你已居七级浮屠
高高在上

我干吗找你
在这柔美的春天
多少珍宝般的时光
要我的汗水去俯身耕种

无耻的思绪
和故技重演
令人生低浅流淌
其实你家的院落

每晚也是满天空的璀璨

多少的米饭，多少的人情

多少的委屈，多少的世故

多少的感性，多少的理性

瓦尔登湖

瓦尔登湖

那是我想要去的地方

当我的心真正地年轻和光明

我在星光下仰望蓝天的时候

亲爱的先生

你是否能扔下习惯

滑过你边缘的那一点线

不是每一个人都能痛饮美好

抚摸过所有的灰尘

我们才能一尘不染

旁若无人

坐在这六月青色的草地上

看见那些花儿积累的美

我更加爱它们

瓦尔登湖

去那干吗

我只活一百年

就沦落在这红尘里摇曳和枯萎

那掬掬清泪

没有分量

我为何要追寻生命的呼应

和这宽阔的天际，这静美的大地

这从古到今的长长岁月——

和你的内心世界——

先生

梦想有用吗

它为何总像那窗口清明的月

望着我

我身边的道路

头顶的云彩

喝着咖啡的一点儿满足

那些无法离别的甜美

连同无数日子的沉默

瓦尔登湖

我什么时候能动身

这个寂静的夏天里吗

当我心似瓦尔登湖面时

先生

你是不是也愿来到

而这不会是个真正的天堂

只是一片洗礼过的大地

映衬着的一颗颗简单了的心

挽　歌

这么多年

时间的河岸

你种桃种李的多情是为了那缕梦里的春风吧

一些目光路过、张望

轻蔑和赞美

最终你绝望于一张顺其自然和随遇而安的脸庞

都是灰烬呢

有生的虚妄里

供养的一手沙而已

此刻就撒了它吗

还是留着当你余生的娱乐

充盈你那早已洞眼无数的心腔

解了红尘的那条挽绳

你的小舟从此不系

天阔水漂无涯路

满目春风如梨雨

望穿秋水

这么多年

没有多少激烈的心思

我缓行在幽长的湖畔小路上

任他人一心对我深爱着

没有一句回应

任自己一心对你深爱着

不要你的回应

成全他人的美德

成就自己的美德

不想跟随你

当你顺道上山后

我的车依然一直往前

奔往未来的田野和大川

我要去看收割后的泥土的满足

它们升腾起来的烟火

和它们下一年要绽放的蓝梦

那个旅行里帮我背包的男子

被我在回来的日子里默默感念

那样的温馨是向日葵长出来的金黄色泽

睡不着的夜晚

我流水下的辋川别业

白云飘荡，秋虫低吟

一根根松枝被无声衔起，又放下

爸爸年轻时的照片里，嘴巴圆嘟

如今成长形

亲爱的大哥，去年还自卑

今年名片里多了好几个头衔

十四楼穿阿玛施的T大姐开始看不起素朴的老公和姐妹

失意的G领导如今彬彬有礼

见谁都笑

时光的宝瓶里装着多少的迷幻剂

这世界是辽阔的草原吧

不然

怎么我的眼睛还是睁得和草原上的绵羊一样

陌生和无辜

我知道失去

花开

是为了凋零

草绿

是为了枯萎

好到不好

爱到不爱——

第一阵春风

第一簇花蕊

最后一场秋雨

最后一枚果子

我知道失去

又一场际遇

又一次宿命

如火如荼

此起彼伏

无意义的春夜

和你说无数的话
有什么意义
你世故的目光对于我的衰老没有必要
我只是需要一双透明的眼睛而已

你步入的黄昏
并非橘红色的温馨家园
相爱有多么痛苦
无数人逃之夭夭
最后无路可走地退守到梦境中
那条彩虹般的巷口
多么孤独的你
多么勇敢的你

爱恨交错的时光长满了抬头纹
我们都若无其事地继续活着
春风春夜
辽阔天地

所以

和你说无数的话

有什么意义

五　月

我应该什么时候离开这里

已经五月了

阳光始终照不到我的脸上

微笑的花不开

无数的人说着深刻或悲伤的话

他们是否只是为了品尝深刻或悲伤的味道

日子还是安静好

像太阳一直照进心里面

从身体里面长出一枚枚果子

在香甜的米酒、栀子花和云雀声里

五月明媚却孤独

我们自己喂养着自己

误　解

我不能误解你
四百万和二十七万的人都有习惯

这些规矩很私人
让我想到空空的山
内心的荒凉

大街上车如流水
如果跟着它们
日子会不会好过些

多想走失啊
从这个世上
我也许一无所有
如果忘记你

这个炎热的夏天
我推开的岂止是门

门外的明亮

门内的黑暗

一并拉扯着我

当爱成了痛苦

当温柔需要醉生梦死

我也不能误解你

夏日午后

因为活着

总是产生着很多的事

马不停蹄里

我多想不劳而获

哪怕只活很短的时光

一些相遇成了思念

继续深邃着每一个晨昏

我没有抱怨

流水浮舟里

人和人之间没什么好用力的

爱和不爱的原因不是因为爱

轻薄的人心总是没有分量

岁月深远的一节节台阶上

有趣的事很多

未知的事很多

好高的世间

好浓的光阴

小　脸

逞强或示弱

这是很多时候停在心里的意气

多年来

我们说过很多的困惑

痴迷一双双铁砂掌和一件件金钟罩

大浪淘沙

我们却上了岸

涨潮、漩涡、鱼游落花、斜阳如诗
倒映在水里的条条波纹

老练的人世间
迎来我们一张张日渐温柔卑小的脸

心中的撒哈拉

这是一段泥泞
还是一片沼泽
这是一块自由的林地
还是一方无边的旷野
对我短暂的生命的旅程
即使是横亘而至的大山
我除了顺应向前
让雪雨夹着强劲的风鞭打我

很冷的夜也是一座山
遇上了你也是一座山
过不去这一座座山
我心便成了无边的撒哈拉

撒哈拉那片空旷湛蓝的星际

在那里

悬挂着我对今生高高的期望

你也会迷失吧

在人生的撒哈拉里

无处可去地躲藏过

人的精神是一只风筝

而我在何时

又在何处丢了线

我又把线给了谁

告诉我

我还能找回那份完整的牵挂吗

无眠的夜里

你暖和的手掌心就是一个天堂

形 容

不用形容你家的蔷薇

如同不用形容你一样

每个事物的特质就在那里

很多的词也不能描述什么了

你宽恕的心

你用爱来恨的方法

和十年报仇的君子来比较吗

不是有公正的岁月吗

一切都会显形的

或美或丑

或高贵或无耻

而真和假

痛苦和快乐都有可能是今生的笑料——

诚实地活下去吧

忘了所有的手段

无为和无言

植物般地幸福着

宿　命

面对一棵桃树

你总是心如止水

当然桃树也无所谓

你什么情绪跟它也无关

人爱瞎折腾

喜欢分别心

比如你如今怎么对我

我也无所谓

是我自己不走

我也自以为是

我抬高自以为是的人们

只为在无人打扰的情感低处

自由地思念

安全地做着自己

窗外花朵无数

春阳淡然

此刻春天的道路上荒凉无人

那又怎么样

知道那必然的死

我也得安然地活着

知道你不喜欢我

我也得喜欢你

这个就是宿命

大家都一样

选　择

一个在春天躲藏的人

依旧会在别处出现

湖泊里没有呈现我喜爱的样子

今年的夏季

我要去哪里散步

选择和不选择

对于人生都是一样的

日子有多平庸

再多的诗句和有为也装扮不了它

历史的轮回让人认命

我一心一意地爱你

不过想解除人和人之间造成的痛苦和艰难

爱了

怎么还能恨呢

很多事也是不能确定的

爬山虎藤一夜间就爬到窗台上

杏仁饼干突然不好吃了

喜爱的事物像颜料一样褪色

一些事走了

一些事又回来了

一边醉生

一边梦死

我该靠近哪边

食物

月季花

C老师

红茶

可以迷恋谁

很多时候

只转了下身

人们的笑容就不见了

学　会

终于

学会等待

学会静静欣赏

学会细水长流

学会无言的给予和永远的失去

学会先嗅茶香

学会看面包出炉的热气缓缓

学会夜间仰望月亮来遗忘

学会花丛里捡拾落花来感谢

学会春天里以泪作清泉碧绿自己

学会寒冬里烤相思自己取暖

学会有空就在心里和你说情话

学会哪怕今生不见

也不打扰你此生的道路——

不知是哪年的窗前白花盛开时

梦里梦外

春风明月里

就开始到处都是你了——

而你究竟是哪个年份从天漏下的朵朵慈悲

来布施我生活着的这个尘世

烟 柳

一些人令人想象

在优点、品德、责任的落差里

靠近成了难题

光阴里没有桥

知心和知遇的路途

需要怎样的船只

红花的时节

绿叶的时节

河水是怎么成为湖水的

我能不能顺流到海

会不会遇阻成湖

顺其自然是一条怎样的路

我在君不来

君来我不在

无情是十里又十里的烟柳堤

夜 空

有一种荒凉的蔓延你无法阻挡

它是细细的潮水无声浸没眼前的春季

站在这夜色下的白马湖边

仰望夜空的抚慰

那遥远闪烁的思念和忧伤

一下子击垮此时此地的我

没有未来
没有过去
在这小小的草场边
杂树丛生，湖畔无声，鸟翼稀尽
群星向着森林的山间疯长
春夜的风一阵阵吹着我
吹走我

生命啊
如果可以
我什么都不要
青青的发结边已有足够担当
沧海桑田里，我想念
那些无尘的笑容

在这人间四月天
脚下延伸着世上来和去的路
看见自己
还欠这个温暖的人间

一脸灿烂的笑容

欠偌大的星空

一句轻轻的感谢

一个人唱情歌

一场雨要来

我想不远
春天的芽
夏天的花
六月一般的时间高度

不要同情我
被抛弃到这个世间
美好的光阴有限
果实累累和你们的歌声像是天上的事情

一场雨要来
及时耕种和施肥是我此刻的思绪

明年
后年
我在干吗，你们去了哪儿
我没法去想

一个人唱情歌

心想事成有多么愉快
你的每一步都让我看见了你爱的力量
你无非要证明
我们不仅仅有爱情
还有身边这个大世界

你只跟着太阳走
苹果、咖啡和杂志对你的夜晚也很重要
时间的方格里
你划定给我的也是一小块
小草莓蛋糕一样的滋味

"这么近，那么远"的感触
从来都是人和人相处的真相
一个人唱情歌的真相
静寂春天的真相

以 后

缺少阳光的日子
我又把一个梦扔进了黑夜

它是否会大哭
它是否会恨我

当世俗的土壤已长不出红色的果子
理想就是一杯杯的苦

不要痛饮啦
借着院子里的一棵桃树
把泪埋下

为了仅有的生活
以后
我们不恨也不爱

因　为

——致 ZF

通向山巅有好几条路
你少年的手指向了那最绿的一径

如今有些人走在那里了
你要去其他的一条

于我年老的浑浊
其实
地上的哪一条路都一样有趣
或无趣

被他人惦记
是因为
你像冰激凌
你像太阳
你像老虎
你像武松

你柔弱

你骄傲

因为用你来比较

这世界因为需要比较

令快乐长存

忧伤长存

习惯这样吧

不要藏起了自己拥有的活泼

你看

上山的每条路上

很多的手一直互相招着

最绿的小径伸着他们最绿的手臂

因为他们还要向你挤个眼

湖　畔

一些日子在天上

有月亮时会洒落到地面上

清凉的湖水漫过堤岸

那是夏季雨水丰沛的力道

你和他数年间温和地交往着
期待一份心动，心心相印和肝胆相照
在你最初的以为
这是今生可以成就的喜悦

黄昏的风摇曳着落尽花瓣的桃树
小鱼在浅水区游走嬉戏
当你如今宁静时
他在对岸的林子里跑步
你也不迎过去了

一些日子依旧在天上
清凉的湖水依旧在湖里

雨　天

一些情感就这么平淡了
银戒指般的黝黑在时光里面
一切变得简洁

连长叶片都没有

小朵的花蕾也不结

日日雨季

日日流水

心里潮湿着的生活之路

漫长的疲倦里

窗前或明或暗

鸟鸣复复停停

很多明媚的念头被雨水一遍遍否定

你表白过的友谊

那些亲切如夜莺的声音

再也没从夜间的月亮上面传来过

那年春天短促的生长

戛然停止

远　去

如今

顺其自然变得很难

一场雨就能隔开眼前的一条条路

面临年老时

太阳下山很快

夕阳像一盏台灯

大地幽暗

山谷静默

仿佛最后一块蛋糕

右手的刀

左手的叉

迟钝、缓慢

嘀嘀嗒嗒的时间里

脚步走远

今年的花

明年的花

去了

将不会再来

一切都是这样

致 Zippo

Zippo

是你点燃了我的唇

甚至我双肩上落上的清辉

我的脚心在跳跃

Zippo

你想照亮我的双眸

甚至我的胸膛

我一路走过来的春光和荆棘

我背包上面的一把泪水

Zippo

你听见我不合年龄的叹息声

总是一声不响

在这光明的太阳底下

我找不到我站立的地方

站立的姿势

一直走失在路上

那一处处桃花灼灼的深处

他们有嘲笑的心

因为我不懂他们的方法和方式

Zippo

如果生而苦难

我能否做你

燃起自己

在焚烧里灿烂、寂灭

Zippo

如果死亦无畏

我能否做你

点上自己

为所有成长的道路照明

Zippo

就一束温暖之光

对于我

就是一片天堂

在这活着的人间

一切珍贵

渺小的永远是人

是我

因为爱

我做了一只飞蛾

在无情的火光中

抵达光明

静静地靠在那抹微笑上

Zippo

我总想相信自己

我总想相信别人

致云中散步

我们居住的大地长满了青草、果实
问你
云中有什么
因为天上来的第一阵风先从那里吹出
冬季未落的第一场雪会停在那里
在那，伸手就能触摸到彩虹的家
大片大片无尘的太阳能无遮拦地照耀你

那里的云地很松软
道路很宽很远
没有警示牌
那里的人眼神清澈，牙齿雪白
他们说着简单的句子，露着恬静的笑容
三三两两地或坐或躺在云朵上

那里的路一致地从东向西
那是你们心里向太阳行走的唯一的路标

那里天黑了，没有路灯

只靠星光的指引就够了

那里——

那里——

那里——

囚禁在地上的我们

已经失去了翅膀

理所当然地得意在热闹富足的大地之上

而头顶的云朵之中

我们飞不上，也看不见的那里

生长着一丛丛的真理之绿叶，精神之红果

它们的熠熠之光

日夜照映着我们居住的大地和人生

家园和心灵

品德和友谊

住在人间

这么多年

岁月一笑而过

转脸就忘

在生活的面前
在月亮的面前
我很悲哀
人不如一墙蔷薇圆满
我该经历的
该热爱的
和门前的蔷薇又有何不一样

一样的
生根的艰难
发芽的疼痛
开花的欣喜
结籽的静默

一样的
长在土上
开在花季
靠在墙边
住在人间

自 己

你开始和别人一样了

这些年

多少的奇装异服和奇言怪语也没让你安分

这个秋天

你明了了平庸中的脸形

平常的生存保证了你的手脚轻闲

被人想念有什么好呢

那些付出和收获的

从来都是前生欠下的，或是后世预付下的

因和果

和此生的你都无关

静静地落地

静静地生根

如一枝悄悄的春花

似一弯幽谧的弦月

这样的佛境里

我们才会长出真正的自己

北 极 星

许多的话还是要说

多年相处里

也不必换到酒后说

换到陌生了以后说

我其实等不到你了

开花时节

花落就是一个转身的时间

风花雪月的一场

很多人就跟潮水走了

那一条鹅黄、浅黄和深黄的路

居然也是一生一世

我要跟我的爱人走

跟头顶的北极星走

当我同样地走在世间时

我和大家看上去一样

就你知道

我内心有熠熠生辉的灿烂银河

不　搭

我家的那株幸福树长虫了

你说你家的幸福树开花了

我说我爱漫步在草原上

你说你爱畅游大海边

比如其他

我们尘世上的各行其是

我和大家都觉得你过得比较幸福呢

你也这么觉得

也许是我自觉今生无力单薄

只把一些喜爱养育在心里了

平日里，就听任它们在它们自己的天然心性里

水流花开

朝生暮死

心中那绵长的情怀只会氤氲着自己的生活吗

看见过你那么用力地流汗

用冰水迅速降温的方式

用反问轻视问题的口气

动人至深的爱与被爱的态度

其实我如今的情愫，静谧如片片荷叶

它就是在夜里、雨里、难以相见的遗忘里

也是碧绿的

付出是否是衡量得失上的姿态

你数年的心郁

风吹，云不飞

我储存的爱越来越稀少

昨夜的一冈明月里

山腰间呈现长长的一段路

尽头

连住了天边

是冷冷热热的生活终于煮熟了我

还是喜喜忧忧的我终于煮熟了生活

我们经年的纷扰释然后

我依旧低捻着眉间

任由爱，它高高地清亮着吧

比如轻哼一首歌

哥像月亮

天上亮汪汪地走着

妹是河水

地上轻幽幽地淌着

不好意思

否定吧

轻浮吧

做一个负心人吧

谁都知道浪子的爱最是珍贵

而我需要大哭一场

为了这朵心里盛开着的最后的花也将凋谢

只是从此以后

不要再开口

不要再在世间看到我

我们置身事外吧

我们浪迹天涯吧

这半世光景过下来

已不适合继续肝肠寸断和感人肺腑

心上缺失的那一角

只求从此刀枪不入

让这长长的前半生忧伤有个尽头吧

知道你其实爱我

知道你在心里说过好多遍

许是路过这世上的人太多了

每年夏天的知了叫声又太高

你一直摊着手掌心等林中的萤火虫

始终不好意思自己轻轻开口

心里那条越来越长的林荫道
要长到哪里呢
夕阳西下
圆弧般的天涯
该荒凉它了
让它此刻就和它的末路一样
它终究也会无路可去
甚至绕向无人烟的世外
如此可见的孤苦结局和凄凉下场

人间的付出其实容易
接受才难
爱是一把插进胸口就不能抽离的刀

拥有你的甜蜜总是很疼很疼

尘尘土土

理由和结果没有意义吧

原因开始就在那里

那种一眼瞥见的必然

此刻看来

和谁结伴同行都一样

寻常的日子

无非早饭、晚饭

和一起散散步

看会儿路边绿绿的树或高墙上坐着的一轮月亮

四周晚风般的静默

一直以来

各色言和行的闪动和漂浮

无非只为诉说暗自的精彩和特别

愿你想象、仰望和心生迷恋

而其实你在哪里都是这般的你

我也一样吧

大地游子天然的汗腺里

尽是

一腔天涯孤旅的愁苦

满目迷离的天高地远

心里装着的一个个无法离别的温暖客栈

会为谁改变呢

会改变谁呢

…………

此生画好的版图上

下一个要去的路口

得走尽自己的今生今世啊

我耗尽泪水的此时才知道

我一个人的情深并没有力量

它那点点滴滴的甜美和忧伤

它来来去去的瞬间和悠长

只是问候了这个始终不肯挚爱我的浮世而已

一心想和你细水长流

一心想和你岁月静好

哪天起

已经在心里面唠叨成时间里的一首首诗和歌了

它们露出了比笑话还要愉悦的呆萌模样

带着它们

歌唱余生的尘尘土土吗

尘　缘

其实我生存着并没有具体的欲望

活着就到处张望着

碰巧看见你

于是就一直看下去了

你说我爱你

那就爱吧

我们张罗学业、工作

围一个篱笆上长满喇叭花的院子

后来却散了

我落得背井离乡

你至今还在优越地证明你的爱

被爱也算是爱吗

如果到最后你终于懂得人间茫茫的夜晚

心里点亮了情意绵延的灯火

我会愿意看到你回到当初二十岁的清高模样

都活在今生今世里啊

人其实是各不相干的

谁会虚图谁的恩和德

谁会需要谁的恩和德

不过就是人自长的像花朵一样好看的善良和情义

一碗米饭、一碗汤、一碗月亮就可以活着了啊

我喜欢继续看你的那身护体金钟罩铁布衫

紧紧地护卫着你自以为是的生涯

朝霞冉冉里

夕阳西下里

我一直别无所求

一直为你着想

亲爱的啊

一生有啥呢

一段尘缘的余晖中

你过好就是

乘 客

一个春天积攒下来的愿望
一棵树旁黄昏站住的背影就看到了

更多的已不能去想了
一个普通人思考从前和未来是可笑的
日复一日的平常规矩总是无比强大

像此刻
就这样跟着你，跟着进口，跟着出口
跟着夜晚和夜晚的边缘
我们走在一条我们回家的路途上

我们一路上坐着
轻轻地聊天
人生在世啊
两个乘客啊

今天的车厢很特别

冷气很特别

四周站立的人很特别

我的手指、你的脸颊

我白色的长裙、你的靛蓝色帆布鞋很特别

不知此刻窗外山顶上的星星晃悠出来几颗了

夜空今晚又酿造出哪种美酒的色泽

树林间的晚风摇曳着几分轻纱水袖

我的心仍旧是空的

仍旧不知道每天该怎么来临和结束

看到你头发上有个小毛球

想伸手去拿下来

伸手拿下来吗

这简单自然的一个动作

如今

我依旧不敢

春 天 里

其实即使春天看起来也没有多少快乐可言
就是脑袋里开满了花朵

天气温暖了
于是我穿上了裙子
身边开始有路
地面有咬扯的声音
太阳羞涩地斜坐在高高的树顶上
感觉它不时偷窥我

不在你的注视里
我试着以各色奇异的表情和食谱
应对这春季的泛滥和诱发的过敏

雨水成注击打着树木
紫雾排阵涌向山顶
月亮一轮轻踮在江河上
光影迅速落地连成了一马平川的绿草场

春天里万物都有了功力

连冬天几乎已经停滞的日子也开始自己潺潺流淌

唯有我的心里依旧贫穷而孤单

没有庭院

没有井

没有山谷

没有树林

没有云朵

没有温暖如江南流水潺潺的家

春天的夜里

看着一簇簇树叶睡在窗外的暖风中

尔　尔

一些鸟停在树丫间很好看

一些草长到了高高的墙壁上

我终于把生活过得简单了

而心里的愿望和情感依旧任性不懂事

总要肆意飞舞

它们疲惫无力时

我把它们落向很远的地方

眼不见为净啊

让它们自己去四海为家

我每天依旧要庸常生活着

它们辽阔了

会是什么模样呢

海面、草场，或乡村开着紫花的一架豇豆

风也淡的

云也轻的

它们能随遇而生的吧

总有寄托

和慰藉

纷纷地远行

夏日里随雨和风而来的各色云氤吹拂

我挂在月光下的一行行清凉的诗句

而我想你啊，那一颗嗜酒如水的心

头顶始终静谧的星宿
凡·高先生的巷口
成了我每年初夏摇曳的风向
眼眶里装着的最美的那个名字
熠熠生辉

怎样的平常心才能行走出我们相遇中的惬意

也就这样了吧
今生已被我看见了尽头
无论怎样热烈地规划此生的长度、比例
细腻体贴地分配生物能和情感的用量
要耗尽的依旧要耗尽
被浪费的依旧被浪费
时光的手臂强悍
此生此世总归尔尔

清晰的日后
大概就能无边无际了

用微笑，用啤酒

用顺其自然，用万分的恩慈

我们活到更高远更美妙的地方

比如明亮的街上

比如悠扬的天边

高高的窗前

一个臆想的姑娘

依旧需要喝茶和看书才能接着活下去

坐进她飞腾而上的云淡风轻的树梢

总是

她已经结束了，你才开始

她对你如此的理所当然

翻来覆去

老是这样

你们似乎已不涉及爱和不爱

似乎更想涉及温暖和友谊

涉及最初的相见欢颜

涉及最终的一拍两散，忘失在世间的街头

她老是说

混沌世间

蝴蝶那样幽微莫名的美丽只属于花朵和颤动的春天

人类庸常

小雪般的情愫能抵达另一具躯体里面的

只能是叹息般的

她的诗和你的歌

如今你们各自端坐在自己楼上的木凳上

人间俗气的路

你们已经走不下去了

四周长长的过道和楼梯寂静

高高的窗前有晨风，有流云，有树叶晃动

从此，世间的冷暖自知

不可以飞啊

不可以跳啊

或者今生，还会相逢

以痴呆

如初见

咕咕岁月

我的黄昏里亮起了一盏灯

那暖色的光亮

此刻柔柔照耀着我余生的清寂

我终于可以深居简出

又或山高水远

年轻时的那份热爱原来是法海

是自己亲手放上神坛的偶像

是用尽千方百计供奉、博它偶一欢心的金漆神像

此时被世间最煞人武器——时间

打出了原形

没了灿烂爱意的照拂

它其实只是一尊木雕泥塑

不着边际的岁月啊

一支歌、一首诗、一阵灿烂的笑声

就能把行走在炎凉的世态里依旧充满欢喜的我

带去世间的一片暗夜里，万劫不复

或送向遥遥银河间，心无一物

岁月咕咕

如今的我还能看什么

还能听什么

还肯妄想什么

一把把泪水的热爱下长成的那些明黄色的心境

总是在刹那间的一念里

很多尘事就化成窗外飘飞的白云了

只要一阵大风

所谓前尘旧梦

就是一片四周蓝汪汪的山影

每个人都是渺渺茫茫的背影

每个人有一张无法深究的脸

谁慈爱地顾及过

相遇时身受的那些伤

碰着就疼的裂痕

夜风骤起的凉意

空旷的街头

轻轻撕碎的那些绝望

只愿浅唱的余生

不争朝夕的心头

点亮的这盏灯

让我看到了红尘外这一条风轻月明的归途

这轻薄的人间若有情意

它曾是开始

如今是尽头

化　蝶

因为你那句温热无比的话

我心里的绿蛹昨晚化蝶飞走了

它应该需要阳光、雨露、芳草的明亮慰藉

此刻应该飞舞在五月的万紫千红间

和它的四叶草，和它的紫色喇叭花
和正在泛红的小樱桃欢度这红尘里的幸福了吧

唉
就一句话
窗前的春天就清凉如水了

心疼那最初的钟情是怎么成了后来的日久生情的
我们所信奉的事在人为的心境又会是什么啊

波光潋滟的暮春湖畔
被阵阵晚风吹拂着
我低头看到
我的棉布摆裙有些短了
配的一双湛蓝色的帆布鞋有些鲜嫩了
挽了多年的长发太飘逸了
而深深愁苦过的笑容又过于温馨了

是的，这么多年日夜厮守的思恋
它出落得好看吗
它此刻的喜悦是为什么

它无限地奔跑是为什么

像一株根深茂密的树

根本不屑关注外界

像一棵地上的草

根本无力暇顾外界

顺其自然

生死由命

该绿时雨水般碧绿，该黄时佛衣般明黄

怎么都该是这样呢

活在土地无边的养育里

万物都该甜蜜热烈地活着

真心欢喜地死去

我的蝴蝶啊

你从此以后也要这样

看你一尘不染

看你清澈光明

静水流深

荒无人烟

初秋的阳光凉快了
此刻它在照耀着你吗

你还是那个你啊
用那抹沉寂、任性
让我闭眼嗅着了初秋林中树叶微落的清香

站在世事无常的风里
两颗素心如何表达呢

还是骄傲吧
这样云淡风轻的年纪
还能够这样
愿意轻轻地再去回头凝望这厌倦了的红尘万丈
第一万次地再看一遍叶绿、叶红、叶黄、叶落
背倚一棵树的清澈心境

虚美的我们

活在

虚美的人间

回　应

如果一颗心清澈见底

你取悦它干啥

如果一颗心沧海桑田

你取悦它干啥

世间都凭万有引力流淌和降落的

并仰仗无常和寻常各就各位

你要信赖自己的星座力量

打造你痴迷的风车去自己的花园里旋转升腾

乐趣就是人生方向啊

你要规定自己醒来

自己睡着

白天平安

夜晚明亮

有情时甜蜜

无情时轻松

有时
一个好天气就是好日子
亲密无间出于天然

如此这般
在这时光空寂的世间
你可会再次伸出手去
拥抱这素静的人生
拥抱这人生里
那个依旧玻璃心的男子
而不是躲在自己雪落般的诗句里
惊天动地地回应着他歌唱里的苦

秋　神

——致 DW

一半天空，一半大地，石缝里开着你钟爱着的野花
这个凉凉的时节
你耽于夜晚，更耽于晴天

耽于语言，更耽于沉静

耽于声色，更耽于孤寂

耽于走向我们，更耽于离开我们

还是不要一剑就穿心啊

你还是要从爱那流淌在身体里面的血液开始

再爱那遮盖着皮肤的层层叠叠的毛发

再爱那装扮容颜的各类衣服和绿色的短袜子

人间爱意一旦过去了就过去了啊

细细地爱啊

细细地活着

日夜温暖着我们的牛粪伟大

日夜照亮着我们的蜡烛伟大

天地肥沃明亮

吞下春夏四处弥漫的谎言和伤害吧

等万能无上的秋神降临后

大家各取所需吧

矜 持

你对生活的主动在于你的选择和甄别
偌大人世
你一定是在哪一次雷雨闪电里
或者某个明月高悬下
顿然看出了什么

你不表达
也不靠近
这个人世
于你像是一片与世无争的湖水似的
它们清澈有时
它们波澜有时
日月星辰下
你自有你安然、肥美的慢时光呢
圆满无缺

陌上的我
总是远远地、远远地看着

我自己长草自己成坡

自己流水自己成溪

归置着我今世遥望里的一朵朵痴迷与懵懂

在活得越来越细微的光阴下

人能够接受和依靠的能力愈发弱小

夜风吹来

一片落下的月光盖住了另一片

一棵树靠向了另一棵

一片叶依偎了另一片

在你爱的步履轻盈里

我学会了矜持和宁静致远

此去经年的心如水里的一朵红莲花

四溢的出尘之光照耀着余生的十指清凉

嗅嗅已经全是植物般的味道

也许我们终于拥有了一个今生无比禅意的来处和去处

它静静等在哪里呢

在此时的世间吧

在你每天的来路上

在我每天的去路上

静静凋落

一些人始终优越
如同一些人天性自卑
甜到忧伤的佛心
恰似苦尽甘来的恍惚

我并非看不清楚人骨和肉硬柔之间的组成
一些溺爱和人之常情的背后
亦藏着一柄柄理所当然的利刃
人生在世的真实重要吗
只不过为了坦诚地活着
我选择了一次次的醉生梦死

疼几次、苦几次、愚蠢几次、卑微几次
取悦于世又怎样
无数枚翠绿绿的叶子到了秋天都会落光
温暖结伴的结局才是人生的真相

看你如今的浅笑

听你夜风般的清言语调

咬棉花糖的唇齿轻甜

刹那间我们之间此刻的美好幻觉

你一直往前的砖与瓦的世界

你的不容左右和坚持不懈才是我要赞美的正道

这么多年来

你对我的意义呢

我又能承受怎样的不爱之轻

是啊

终于修成的亲切相处的正果里

剥开

其实里面依旧什么都没有

没有相爱的爱，连果核都不长

尽是些轻轻薄薄的丝丝瓤瓤

暮色秋光里响彻着万物顺次安然离去的阵阵梵音

看那些葡萄叶、葫芦叶、我的紫扁豆

都要走了
所谓圆满
就是有一处安逸的去处
静静凋落掉自己的今生今世

而我知道
余生再用力
也到不了你那片林地了

静水流深

谁看见水了
谁看见流了
在我遥远的、昏沉的、薄凉的睡梦里

你说昨夜的天上
都是背影、眼神和我喜欢的淡红色小花图案
我们究竟是玩伴还是爱人呢

一路走来
两个人掏心或掏肺出来互相看下

再嘲笑下、安慰下
再放回去
再去过自己的苦甜日子

人心思量有吗
生活念想有吗
都流落在自己的世界里临窗吟啸，迎雨迎风了吧
那些人生里积攒的苦和累都留给自己了吧

不相见的沿途
我们都在把自己撒掉了
心也散尽吧
日后，继续走啊
继续走啊

今生从此辽阔啊
满世间都是爱人了
再也没你了
没我了
没我们了
只有满目慈祥的两张佛脸

亲爱的

多么谢谢你

这么多年下来

让我开始爱起了世间的诸多事物

爱起了这个世界各色的来来去去

让我坚持活了下来

久别重逢

描绘我的词不能描绘你

你也许只愿意做夜间的风

被一场场轻梦追随

一路上

我们都有了各自盐的味道

靠手指和嘴唇其实也摸不着春天怦怦的心房

有时只是心头一热

烟味里就弥漫出远处爱人花叶似的恨意和哀愁

如今，我们双臂交叉时疲惫无力

我像是再也握不住掌心纯洁的光晕

秋天时节

又一场红红黄黄绿绿脆叶离树的盛世

大树此刻后悔春季暖晕晕地开枝散叶

守望的阁楼

月光狭窄两扇

更小的虚空里面看见了更大的虚空

久别重逢后

我发现我好像真的不配拥有真正的爱

第一次遇见你的心里恐慌又袭来

又一次不相信的深深的崖谷

我又该跳下去一回吗

我这次应该跑远

跑到你我直立思维的外面

世人的生存名利之上

到大千世界的旖旎喧杂里

自己回头凝望这条走过的悠长的路

非得想通我们之间唯一的问题

我们彼此间的顾忌是在哪里

就是这样

比之夏日的满湖绿荷
如今的水上空无一物
只能倒映天空和飞鸟

老去的日子会一天不如一天的
不要幻想以后会有更好的幸福和欢乐
此时此刻永远是今生最甜的那颗葡萄

你如今终于喜欢楼上楼下地奔跑了
像是对所遇世事的成全和看轻
觉得自己独守的那片阁楼其实不那么重要了
从上天落到你眼前的那些不幸都是刀口
一路割伤了你的眼光
你把秋天长在了心里面
总是好不容易长出的叶子和花
被起风的时光轻轻摇曳就落光了

就是这样

没有积攒到一点强悍

密雨斜侵里

把深情厚谊藏在一杯咖啡、一部电影

一段街道、一支歌、一首诗的王城里

走不出来一条自己的世间甜美路

没得到最初的春天的珍惜

你一撒手

把一切交给了时间和宿命

天地悠悠茫茫

日月东升西坠

只是从此

我到哪里找你上次挂着笑意的样子

枯　萎

你的远离

你的靠近

在这圆弧似的天地间没有深刻的意义

深夜和清晨相连

你睡着又醒来

乏味的事情曾经被经年颂扬和追寻

动人心弦的话我们终于不听

像我，如今轻轻哼歌

深嗅着空气里慢慢沉寂的枯萎

以此度日

感谢上苍

当人厌倦时

死亡就来到了

落叶知道

从此

只需活着

静静地活着

自己画每天的笑容

春天栽种的愿望

到秋天就失去了

很多秋天里还在大声说话的人

心上留着斑驳的洞孔

其实

无须什么证明和说明

写满天空的一堆情书

扯出一个个星星闪闪的表情

他们各色各样的傻笑

振振有词的声音

一片片落叶告诉你

你最初不是花瓣

如今不是果实

不要需求尘世对你的安慰和疼爱

你得安分守己

过好就安然离开吧

换其他脸来照耀天上的太阳

而上天会用死亡把人的一生咔地清空

或者

此后的余生

你该换一个方向抵达世上的静谧

转身返回院子

让来自天堂的那些影子：月光、夜风和树丫等

摇曳在你今生今世的这片墙头上

结　局

你如今对着流逝而去的那个秋天哈哈大笑

曾经春夏的那些笑声其实一直没有底气

尽力和妄图改变宿命的夜以继日后

此刻下雪般的阵阵悲伤居然挂起了满眼的幸福

一步步地走向早已知晓和确立的结局里

一切成空的素心下，一座白茫茫的山，潺潺小溪水

外面很美

哈

原来，竟然，不过，真的是误会一场

一本本书和旅途中，那些更远一点的目光回转里

你因此发现了自己身上惊人的无知

实际生活中的那些随波逐流

分量不足中的一次次超负荷消耗里极力维系的人生

处境前，那一排攀满蔷薇花的栅栏早已破烂不堪

世故的人世其实不爱接受普通人的那点好意

他们统统会看成是你红尘度日的目的和手段

理所当然地斜视你每日的汗流浃背

春天的树叶长在树枝上

风声雨声岁月声里

秋天的树叶——落进冷风

所谓门一关，不听不看不闻，自己最大

你于是一个人，一下子度过了今生所有

无声黑白

生活之海底

旷野上的野苹果那样

在孤独与自由的温柔中

你永远地长成了一个清瘦的姑娘

时间一层层覆盖、更替

靠天靠地靠太阳

你礁石一样，刀剑一样
你光线一样，尘土一样
清晰地呈现在人世上

过于心疼自己的人们啊
其实，我说
活着已经足够幸福

傍晚的夕阳
落入海里，落向屋后
落下山谷，落在一天的路尽头——
怎样的结束或者结局
就不重要了

一切的黑夜面前
我们怀抱满心的月光
席地而坐

苹果和鲜花

这个秋天

秋草高密

月亮清亮

你钟情的苹果和鲜花的气息轻盈得如风如梦

我终于还剩着两只手

一只右手

一只左手

遗憾的是

它们如今的功能已不能呈现最初的洁白心思了

如果需要

某根手指

我依旧愿意

涂上旧日青涩湛蓝的纹络

供你喃喃自语出你独自深葬于心的深情厚谊

人生很长吗

人生不易吗

岁月海宽般的冰河冻坏了我跋涉它的脚踝关节

我何德、何能、何幸可以面目依旧地走完它呢

于是

再次看见你的时候

我撕心裂肺了

我清心寡欲了

怀抱着自己

我再也不往前走了

且以永日

借助于她的一颗水果糖的甜蜜

你重新栖息到自己的身体里了

这些年你吞噬了多少花朵、雨水

和月亮里的阴影部分

又胖了，又瘦了

病了，又康健了

一天一天累积着

一架梯子般地往天空延伸着

望不到头的沉默远处和远处的她

还有痛苦，还有此刻

此刻这黑沉沉的荒芜窗外

又一棵棵快落光叶片的大树

还有那条断断续续的山路辗转而无迹

还有光，还有夜色，还有这一年年——

这一生怎么那么漫长

一晃数年的骨骼生疼

自以为是让你有了新的恋人和家

在心里搁一句天真的宣言

你自此活得孰轻抑或孰重了

你后来难以启齿的风流肮脏

再好的春天也长不出一眼眶的明媚

你也居然索性黑暗地活着

如此肆意任性和自然而然

你那一朵小雏菊般落跑的青青恋人

让你落下病根

当她再次回来

你发现

原来自己是另一朵小雏菊

离当初的你们更远

以为她离开了
而她一直在

以为自己一直在
原来自己也跑了

轻描淡写

今夜
风是从前的
星星和月光都是
它们为何还在这里啊

日子轻描淡写的
包括我的诗和一包酥糖
你拿过去后就轻轻地走进夜色里了

我们以后
见的可能应该越来越少了

当年老越来越近

蹒跚而行的余生

灰飞烟灭的宿命

我一直向背而泣

所谓人生七苦

大家一样的苦

我也是要苦的啊

你永远轻描淡写地聊着此时此刻的事

好似此生烛灯永燃

不说我还想要的来生

清　辉

和你谈及花朵和果实

谈及春天和秋天

有时也说说此刻的天气和午餐

那些始终没有谈及的部分

生活里的主要部分总在心里讪讪笑着

于是我们开始喜欢仰望月亮

寻觅最亮的星星

高高的天上

人间很多的愿望都寄存在那里

我们的此生

因此变得辽阔、明亮

那些遥遥相望的清辉

永恒地照耀着人间

照耀着时间

照亮着我们仙女般的心间

清　香

就这样轻易推翻了

我也如释重负

很多年了

和你的每一次相见都像是远行

我要准备又准备

在镜子前伫立很久

慎重又紧张

生活让我们见和不见

我们世俗地把一日三餐和衣食住行

放在了人生的第一位

而让人活下去的理由都变得可有可无

人在世上的匮乏

被各种实用的规则理性地奴役和暗伤着性情

亦步亦趋地活着

偶尔也

翻手为冉冉云朵

覆手为淅淅秋雨

每每任时光撕心裂肺

歌词和夜风的安慰和被安慰

用彼此双臂短暂相拥地活个纯粹的一天

那么多的生之苦和累

酒和咖啡的心间流淌

再流淌

我也一直没有理顺自己

在各色杂念的漂浮里找自己的真模样

也想看见你的真模样

昨夜和别人喝酒的那个斯文的我是我吗

下班路上专注看路的那个默然的你是你吗

生存里的我们了解真正美好的自己吗

我们在一起的甜蜜意境是因为相恋吗

我们是不是哪天也会心如止水了

然后再也不见了

一样的，也肤浅和普通，也淡薄和轻视

眯眼看高悬的太阳和低落的月光

芒鞋竹杖踏出的温暖之路

一样的，各色各样杂味汇成此刻和一生的滋味

所以

此刻

送我一片荷叶吧，把它做成今夜的灯罩

送我一片芭蕉叶上的月光吧，再做成灯光

七月的热夏

让我们拥有清香的一夜

情　愿

你能肯定的
也能否定
你体会过很多道理的正面和反面
一条路走远又回来
你望他迎面走来，再送他离你而去
你的手松开又握紧，握紧又松开

你一张童真的脸因此无数次红了，又白了
胖了，瘦了
昏暗和明亮的眼神里辉映交错
一个个爱和不爱，温柔和冷漠
诚恳和敷衍的对应图像

为了见爱上一个人的样子
为了表达自己爱上一个人的样子
你掏心掏肺和用尽心意
踩在一条春日之路上

而

最终的意义在哪

最后的释然在哪

你和他的心头间

不相信和不信任其实是两个不同的念头

真相也无能为力

岁月经年的忧伤、恐慌下

你终于逃之夭夭

爱不属于你

被爱也不属于你

那就是个遥远的沉默的存在

好似你挚爱的月白风清

月儿，它永远悬挂在它自己的天宇上

风儿，它总爱穿行在它自由的旷野之中

如今

你每天和一个橘子对望，然后吃一个苹果

坐享着植物单纯的情意

间或去炙热的太阳照耀的屋外

晒干年少虚妄的脸颊上的那一行行潮湿的情愿

世间的恩慈是漠然无声
太阳照来照去
小鸟飞走又来
他留了胡子
你长了白头发

所以呢
你要去，就去最荒凉的地方
你要爱，就爱一个爱不到的人

安　慰

你把生活确定下来了
认命或疲惫
如一棵草或一株树而已
在一条石头的路上找自己觉得好看的石头做伴

那些过往的点点滴滴
好的，被感谢了

不好的，被记住了

有所期待里

反而没做成自由闪亮的自己

擎起一朵朵粉红色的玉兰花

依旧在三月里欢喜地走起来

沉静的人开始想着要来临的夏天和秋天

悲伤的人刚从严冬回过神来

安慰我也是安慰你自己吧

而开始听话真的就是又一种孤独

日子大大小小的，气球一样

我们自己吹

一根系住自己的线，拉近、松开

松开、拉近

世间之门被时间的眼眸打开后

不过就是日出、正午和日落

毫无新意

按部就班

看你此刻又坐在它的门口喝茶、聊天和玩耍

外　面

该来的至今没来
不该走的今天又走了
那一颗从草原上飘荡过的心
今夜终于安睡了

时光苍老地哼唱着那支无调的安眠曲
睡吧
不要撕心裂肺
不要深情真挚
不要把短暂的时光拉得太长

人间孤寂
智慧的心灵都活在它的外面

夏木阴阴

此刻的双脚走向了绿树浓荫

随便活着多好啊

六月，陌上人看大树、青草和红色荷花

所谓自由

就是一棵树在春末把花开完了，落尽了

长出一身静谧无言的新叶

把情话都说尽了

把尘事都想开了

也许就一无所有了

也许就什么都有了

失去才真正踏实吧

只有眼前一天空的热阳，一湖面的碧色莲叶

岁月静好着

看诗比写诗舒服

生活比看诗舒服

人生本来就有很多事是徒劳无功的

我们白白流淌的汗水变成了泪水

也是无能为力的

诗集、你、夏日、大树、荷花盛开

此刻是我每天情深浓郁的去处了

黄昏的一路上

它们度我的心无、心空

度我和大地连在一起后脚步的深深浅浅

爱意连绵的夏日里

如何始终容颜清美地站在你面前是个难题了

那么多的无尘想念里

我怎么就一心想要成为你心心相印的爱人

如今开始碎裂的时光中

又该怎么往前走

我还能怎么向你奔跑而去

于云淡风轻的你我

日后相处的意义又在哪里

也许

从此

无论多大的风雨

无论多远的路途

我们会表达出的也只是一句

"路上当心——"

夏木阴阴啊
尘世清凉啊

异口同声

你在暗处的所作所为没有用
规矩的白天
人们依旧选择泛滥的高挑和愉快的长相
他们的现实在于他们始终能说出生活的种种不是
但他们自己却活得津津有味

你依旧要隐居世外
用空寂的情愫和天光喂食自己的天真

而人世短暂
等他们想到你
他们异口同声地说

世上的那些爱和疼痛都是假的

大　鱼

在无聊中无聊着
一个人的自言自语

所谓和你的爱意融融
无非这样
我依旧沉浸在自己左右手之间的给和予里

独立自主的生存都是会的
而我热衷着独立之间的一种连接
比如鱼和鸟，海和天空
它们会不会
和怎样地、尽力尽心地
在今生靠近着、慰藉着

真相、真理和这世间人们的喜好一直在我身边坐着
而我默然地坚守着这独自的心境
任时间荒废和嘲笑着

我

一个平常人的爱恨、作为

更多是一个个的泡沫吧

今生我更想做一个生活的旁观者

听一支歌回应一首诗

看一只白鸟吻着一条绿鱼

悬挂的天空倒映出海面

浑然一体

四周云淡风轻的气息

让我觉得

我来过了这尘世

触摸过这尘世细细的温暖

云　朵

具体的事情和具体的生活被我遗弃着

一朵云落在地上

它就是一个旧梦

被早醒的脚一步踩踏

一段路就黑暗了

一仰头
我已记不起一阵阵凉风的上面是什么了
此刻也无法想象从前
从前总是飘啊飘

也许不该这样子的
这么熟悉了的又认真着的一张脸
怎可以任它醉生梦死地被摇曳的月光嘲笑
我一个生活在爱里的人
当深谙爱的真面目
它是怎样的一叶轻舟
上天入地
由着时光似糖衣相爱，如刀剑相杀

要怎样的天真烂漫才够真心疼爱下去
拼命摇晃肩头上的尘埃
够写出一首诗吗
够望见半夜的月吗
只是这样吗

人生有限的势利轻浮里

或者你觉得你又不是我

我又不是自己人

你又不是尘世的那一份爱和信任

这么远、那么近而已

后面

谁需要改邪归正啊

金土地收黄玉米

黑污泥蕴清莲

即使落入风尘

你的腰姿依旧高贵优雅

因为得做自己此生的神啊

白 话 文

允许我

借着四月漫天的蔷薇花和它长长的枝丫想象

想象明天、后天或余生光阴里依旧的香气扑鼻

你曾经怎样地来，晚风在柳叶间回响

世间应该有大片晴天连接着大片晴夜

天地间连绵不断的轻快

此刻天蓝地青的步调里，你又应该怎样的不来呢

爱花草的人，活在四月，多幸福多迷惘

一把忘乎所以的光阴，有一万年长似的

被色彩恩慈得不知思量

日子轻浮

我情你愿

我，一个活在表面的人

终于被红尘笑开了日益泛红的眼角

之前又是如何面对真相的呢？谁像鸵鸟一样啊

珍爱友谊是时光里很长久的事情吗

一天天的宁可等待里

祈愿满天暮色降临，美好你的整个夜晚

你真会想啊

不寐的江河湖海上荡起更多相望的闪烁波纹

月亮白白地照耀痴迷人

虚妄人似圣人的高境

我好，你就肯好

和光同尘是不仁天地的朴素的心肠

借你一次次暗地里的喟叹

我愿意做其中的子民

余生余世

就这么着吧

一个世间的收获者还酷爱清高和一尘不染的样子

早应该落进岁月里面泥土般过日子嘛

人生若如初见

你是谁啊

我其实并不认识你的

擦肩过去多好

反　正

那么

让挂着的帆离去

云雨一样地解脱

我接受所有时间里的结论和下场

我接受任何言不由衷的真相

反正

反正

都惩罚不了我

作为一个感伤的人

我居然拥有了一把幸福的泪水

作为一个过路的人

我也只要一把幸福过的泪水

你们也不要沾沾自喜于你们的歌声

众多好听的音符都写给一种美丽的逝去

成　全

在痛苦里继续生出痛苦

一个一直挥舞在心里的拳头砸向黑夜

身上最后一点残留的疼痛终于没了

苦难的心其实已经没有对错了

看，此刻白天的天这么蓝

树枝这么绿

如果你喜欢就成全

当自己依旧是一个母亲吧

欣慰地看着他重新结婚生子，子嗣绵延

生生打不死，就柔柔地活着吧

你们的余生已经很短了

捧着自己满眼帘的泪水

降落去一个冷硬的地方

无声无息，罢了

活得好、活得坏就这样了

于你，也不要重怀少女心了

那个应该是爱人的人没法爱你时

你和他

彼此日后活成啥样，也就无所谓了

痴心妄想

我有多低，你们有多高
让你们做主好了，我只做水
你们一般臣服着世间的什么法则
结缘、结怨、视而不见、转脸就忘
那让我害怕这样的你们好了

而我的人生
依旧带着一把把誓言和美言上路
请高高在上的尘世予以放行吧

谁身佩着利剑
谁心藏着草场
我被你们误以为孜孜以求的痴心和妄想是什么呢

如果我说世间其实是面镜子，而我们是花
如果我说我厚厚的尘心如水中生莲，愿望已是双手合十
如果我说我只剩下一双被夜晚照亮过的眼睛
看见来生已在路上

我其实是奢望

余生的每一天还能勇敢地面朝着这个尘世的万象丛生

捂住心里面的清音和细语

跟着嘀嗒的时间一步步地、一点点地退后着

直到再也看不见你们

直到坠出这个尘世

春花秋月

你一直不在意的事物，我终于也不在意了

向东向西，如今都可以，未来就只有一个归宿了

所以别再认真辨认对错和远近了

把你手心里那抹斑斓的月色映照出来

我已经不害怕那些鬼魅般的黑影了

白天美好着的事情

夜间看不见了

也美好着的无数的路都能抵达我们最终的天堂

所以，不着急啊，走哪算哪了
世间远阔，个人偶然
我们一点点地、一年年地走进去
一路上的青草、蝴蝶、夜风、溪水
也能够让我们度过今生

回头看啊
无数座的高山呢
无数条的大河呢
无数藏着刀肉欲望的路人呢
无数摇曳着欢颜的春花秋月呢

仿　佛

一个人的样子，春天的样子
一个人的内心，世间的真相

那，告知她吧
如此，走向你的爱情又是什么样子
你坚守的水和船又是出于什么
抵达她还是远离她

泛绿的树枝置身于阳光浓郁的白日梦里

温暖且呼吸平静

一份爱所能感受的难道就是这个

高高的窗前有云朵的摇晃

一阵阵的风吹拂在天空之上

仿佛

有谁来到

凡　尘

那座黛青色的山上总有你的那片桃林

你凝望时，那里永远桃花灼灼

寒冬腊月里

你总是最先嗅着了远处春天的清香味

春花开了

春风失去了

你拥抱她

你失去了

幸福的时刻永远没属于过你

世人酷爱的花好月圆

永远地挂在你经年的窗外

清淡的凡尘里

你捂着自己星光璀璨的心

什么也不肯说

只是静静地走着

高高在上

活在当下的人，理所当然地道别

人走茶凉啊，物去不留啊

心里清净空旷

天黑了，天亮了，接着守护日复一日的晨昏和日夜

一个人，就有了高高在上的日子

一事无成呢

为所欲为呢

无所需求后
我们就是大地上一道道自由的风和一片片落下的光
亦是一只只不知何生何死的可爱又无辜的小虫子
胡乱地爬行，盈盈地轻飞

活多久就多久啊

光　阴

依旧废话
比如一次次地说着午饭、天气和趣语

每句废话的上面
也许停着一轮昨夜摇曳的月亮和早晨纯真的太阳

天知，地知，你们知，我也知
不审判，不挑剔，不打断，不总结
此刻微疼清凉的光阴下
一块块石头和一根根木头
相触相握
暖意蓬生

我们不要再失去了
人和人之间所剩无几的温存

幻　象

后来，你连自己都否定了
一脸的幻象
只和花朵、大树、太阳、雨水结伴看世事

不靠谱的四季啊，不靠谱的云朵
常常也带不来天上和旧时的好风景了
沉默的虚度的日子啊，你都想离去了

过客也有他们的年老和迷茫啊
他们如今躺在大地里面任风吹草动，静谧安详
让此刻世间无处安身的你
多么羡慕啊，多么想念啊

回光返照

此刻，我深陷秋天

我把最后一次任性妄为留给了你们
把最后一次对人世的求助也留给了你们
请帮助我把最后一棵梧桐树的落叶捡起来
我依旧要晒香它们一直望眼欲穿里的一种明黄

我是否应该告诉你们
我这一躯微薄之身
开始准备回光返照了
比如落地为流水，梦想是化雨成风

一切将被遗忘
那些人世间莫名的轻蔑和凶狠

阳光和月光
这尘世里慈悲的爱神们
就不要再照亮我了
我已经享尽了生而为人的种种幸福

从此
我只愿意为此生的人们而活着

江南采莲

过去于是过去了
我们眼眸清澈
相视的深处也看不见什么了

如今夏日美艳，我们咯咯咯地笑着
时间笑久了
泪就无端流出来了
旧时的夏日又是什么样子的呢

那年江南哗哗的流水，雨在湖岛上迷失、打转
一个天高地远的地方啊
一个无法无天的时光啊

我们甜蜜蜜地去了
又泪涟涟地回了

哈哈——江南可采莲
哈哈——鱼戏莲叶东，鱼戏莲叶西

哈哈——接天莲叶无穷碧

哈哈——留得枯荷听雨声

时光荏苒长出的笑颜里

那年格格不入的清丽江南

成了我们如今心中的日常生活

只凭着眼前的一朵花，一场云端雨

一方凉亭，一根青藤

我们就会热爱起整个世界

竞技时代

看重是一种表达

看轻也许是另一种世界观

自己喜欢还是为了体贴他人

误会和怨言常常有

各色各样的解释，陌生人也不喜欢理解

唯有靠自己一次次地问心无愧、月白风清的模样

我们自知之明的性情里非要呈现些什么呢

竞技时代

心知肚明的年纪

心知肚明的招数

心知肚明的幻念

心知肚明的力量

体内幽寒

太阳好远

大雨之后

一口酒，一颗糖

镜　子

那些歌词的触须似乎都伸向我

如果我多情

夹着一阵阵热带绿茵茵的气息

香甜的水果味道

我会不会因此指鹿为马

强大到喜欢上当来成全此时此刻的光阴似箭

误解和误会依旧很容易

我们有时也依靠它们的幽怨和哀愁
在这个顺流而下的世间逆流而上，固本清源
年少时杂乱无章的心境才好啊
从一条人事纷飞、兵荒马乱的世道上艰难走出来
此后的人生该有多坦诚和纯粹

五月，就隔着一条热辣的马路，一条短促的斑马线
或者也隔着一片花海还有随时随地出没的蜜蜂、云雀
不见后的再见，我一定还是一路穿行而来
有生之年轻轻握手

即使年老柔软，利刃般的性情和习惯谁都害怕
那些前因后果，那些生老病死如今一一爬上了墙头
不逃了吧，大方地坐下来吧
面对面——我们照镜子

你的眼睛里面依旧装着大象、花草、猫
和探险过的小岛吗
你看见我的身体里如今满载些什么了吗

仅有的余生，就是一座遮风避雨的屋子

梦 乡

直接说还有梦乡，还有来世
对于我的想象力
再加些夏日绚丽的光线过来
我会一下子踏进天堂一样

最起码是一份此时此刻的情意啊
我心里还有剩下的感谢

如今我日夜地往世间的幽暗处躲
背对着这个浮动的山川湖海
自由其实就是放弃你
把自己的手和脚都捆住

这个人们拼命热爱的世界
最后告知我们的其实就是一句话
"亲爱的，你可以走了"

莲　花

你的字里行间都注满了清水
你在里面养着一枝枝莲花，皈依自身

热爱是世上唯一的道路
满床的书上你找传说中的普罗米修斯
多少年了，人世在窗前游走
一张张理所当然的脸，一个个理所当然的故事
柴米油盐的现实中
多少人活得理直气壮，红光满面

世上的矫情冷漠、轻浮无知，离去和归来
都是一颗颗悬浮着的尘埃，落下来就清静了
天生过客的宿命里
谁给了你这么一个满身疼痛的身子啊

我不愿再指点你
只要你在一次次的世事里安然无恙，安然无恙

流 连

我的自以为是里亦搁着你的那些自以为是

一年年的层层叠叠里

没有答案啊

打不出原形啊

今生在心里纠缠成一条远方的路途了

你让我到处去找你

黑夜那么黑

雨水那么大

草原那么辽阔

海上那么颠簸

这密密麻麻的世间，我要的真相始终沉默

你其实一直端坐在你的楼上

掩着门扉

一个人簇拥四下的高境

像我这样的七月萤火虫般的

连落地时的鞋子都扔了

这流连的人生只是流连吗

你滚烫的手掌心

我只是想摸摸就走了

美好的东西本应该属于你

我不肯损坏和带走任何一样

世间能够拥抱的

只是一份当下的心思吧

比如：面对面

人间远去

窗外绯红

我其实能甜美

你似乎也憨厚

各色境遇里

大家总会现形和消失

路 远

我，一路朝西跟随夕阳
你，一直向南追赶台风

我似乎心灰意冷了
你依旧自以为是着

我们用文字铺陈出的友谊
你说它们是故乡般的月光始终照亮着流浪的你
我说它们是青枝似的绿梦一直托高着人间的我

今生我们在臣服什么呢
一种优柔，一种寡断
一种永远的爱，一种永远的不爱
一片片烧成灰烬的秋日田野
一汪汪青草静谧的月光山坡

其实，我们
要什么现实光鲜和岸然形象

这些都给别人吧

多少个昨日渺渺的路上
一程又一程
你只需喝碗溪水
我只要啃个馍馍
心上膜拜的天边和江海，此生成了我们不变的挚爱

其他的
镜中花
水中月

脉　象

没有圣旨
也不给自己下圣旨
每天潺潺流水的日子

伸手从窗口舀一碗星光和夜风
装点此刻绿幽幽的屋子
夏夜如漂浮的大海

读了一条五个字的短信
它呈现出鼓动的腮帮和潮涌般的波纹

倦卧在木床上
天黑了，天亮了
怎么睡去的，怎么醒来的
而世上的日子就是这样的日复一日

足够矜持和沉思默想后
我终于搭出了自己那道纤细的脉象

一切都是强求来的吧
不能再靠自己跳舞来加热一路的步履了
就凉着吧—— 一直凉透

粗鄙和犯贱的世相面前
我直接和静谧的湖水怼怨起来

原来活着
其实什么也不需要的
原来可以这样的自娱自乐

失恋者之歌

最后还是要顺其自然
而不是最初喜悦的事在人为
一心顽固地做秋光里的最后一个柿子
点亮最后一盏灯
保留住心里最后一个隐匿的欲望

而最后和最初的愿望其实一样地难以洁白和长久
被称为下场或结果，是事出有因还是根本八字不合
不得而知

一直加油和修复步履的路途上
对岸有光，对岸葱绿
一个个旁观者静静给予的一个个笑意
此刻余生停驻的知足里
我根本就喜欢平俗如土
我根本就喜欢离群索居

在这个人世间同样的温暖和伤害里
我其实更害怕你

我其实更害怕你们

你的道理

你此刻杂树生花般的面容姣好
一个时刻一个样子
五月的气候里，你又变得盛大妖娆起来

这世间还有多少的事情，值得我经年地诉说和热爱着
我絮絮叨叨，翻来覆去着
你见怪不怪，无动于衷着

付出于你是多大一件事情啊
所以要算着过啊
"如果一会儿下雨，就不会出门了
会淋湿头发，弄湿鞋子的"

——浑身湿透后的我
也要懂你的这类道理啊

总是

一些人来自于晴天和春季

总是
你是什么人
我就是什么人

春天门口

用最初的相见和此刻的不见可否赞美你和理解我
用这整个城市日益盛大的光和路可否原谅时间里的
流逝和荒废
以及对青春一样的诚恳之心而生出的愧疚和感谢

生于寒冬的我
生于春天的你
我应该怀着怎样的耐心等待你啊
一次又一次
站在心里深藏着的温柔、敦厚的春天门口

开花和结果的迷惘
雨水和晴朗的误想

树木和月光的宿愿

望向远方的纠结和跋涉里

人群里一再浮现我们隐匿不提的旧时之路

应该怎样啊

温柔的榜样，众生手掌

依旧没改的

那纯真无邪的珍贵目光

我们还是那样

这世间，在遇见你以后

轻盈的、明亮的、高高的

像众神托着的殿堂

束手无策的悲伤

念　想

桃花是红的，梨花是白的，是天生的吗

太阳照耀我，我喜爱你，是天生的吗

他的月季，你的迎春以及我的蔷薇等等，是天生的吗

有人为的今生今世吗

比如，我们的花应该往横处长

妖娆挤满在人山人海中

比如你应该从来世过来

我应该推开满天的晚霞去迎接你

黄昏的湖上有火苗

富饶的那道山谷啊

加一点你午后假寐里剩余的微风过来嘛

煮开这湖湖水啊

越过岸边的人群

远处的白云下面，你在做菜拖地，供养她和她的她吧

而在我微小的春天里，我在吃谁做出的米饭

住哪里的一尘不染的屋呢

一条红白点的连衣裙

那种明媚里的漂亮

如果是你买给我的——

人世辗转里

一份念想就是恩情了

此刻

茶壶里装满了无数清新春天供养出的

一份天然的喜悦和清凉

老树发芽的注视间

年老里的纯良才叫人热泪盈眶啊

我们心里无数次发誓过的深情和厚谊到最后其实简单

天涯咫尺嘛，天生一对嘛

走火入魔嘛，自行了断嘛

平凡之路

一天又来临了

一天又结束了

勇敢的人出门了

幸福的人归来了

唯有你始终仓皇

半生光阴晃过

至今也不知道该怎样出发

又如何返回

七　月

永恒的总是刹那

多年以后依旧在遗忘和挥别

年年七月

年年热火和雨水

你一直以为自己可以成为果实，成为种子，成为浪子

你依旧可以回头，傍水筑土安家养莲

你可以举起你高高的尘世，让春天和向东的流水臣服

做着年轻时喜欢的那片叶子或花

绿过红过一个夏天总是太轻快的事

被一个个夜梦指引着的一个个白昼

你稀里哗啦地过着

奔走半生下来

你的尘世如今越来越小

它小如窗口

它静如古寺

它人迹罕至

它唯一的小径只有雨滴敲竹叶声

它低郁的面目和你曾经的身影一样

它清淡的神情和你旧日的心境一样

秋　夜

珍贵的是那些始终离不去的事物

其实

这世间能走进我们的人和事并不多

比如，今年陪伴我的依旧是春日的蔷薇

夏日的莲叶和疲倦颓废的朴树的歌声

又比如，昨晚一个被惊醒的秋夜

看着黑暗

我想念——走了五年的老郭、走了一年的张月琴

我希望他们此刻来看看我

理解在这轻薄人间里，我一直孜孜不倦的爱意

而我曾经怎么活着的，我怎么接着活下去

我需要问他们，我只能问他们

告诉我今年秋风依旧冷吗

这个月的月季花还能再开一次吗

我添加了院子里新摘的桂花粒的饼干好吃吗

书架上旧了的木鱼和念珠还要再各度一个回来吗

不知怎么

我突然能越过这无边的时间和月光了

就一个凋零的姿势

我就目空一切了

我就和光同尘了

而我却依旧不确信

余生

我怎能得到这样静谧的归宿

热　爱

你没有静寂的时间和空间供自己默想

竹林吟啸、雪中饮酒，那要怎样的不食人间烟火

"半缘修道半缘君"才是我的梦境

你始终也不肯理解我遇见你后生出的那种伤悲

而俗世上的奔跑

其实我比你快捷

我不停地在心头奔跑

越过大江大河，阳春白雪

一件毛衣的十几种色彩

数种花草围成的亭园楼阁

铁木金玉一水歌，盈盈月光抹去夜的黑

我甚至拥有自己的流水、船、风帆和风

我日夜兼程

而缓缓的你选择了一种怎样见我的方式

于是我失去了唯一的支撑

接着流离失所

接着兵荒马乱

你何必呢

我并不热爱这人生和这世间的什么

你码头上的长亭里青草茂密

喜欢时望一眼就足够了啊

仁至义尽

用一只肉包子打了狗，狗会怎么想

——如果爱源于恐惧

情歌听多了

情书看多了

爱的比肩接踵里

一个人沉默走路是否会更加步履坚定

在湖上跳了一天的风扭身溜进了山谷中

暮色咔嗒四合时

心里喊出一声再见

你让你深情厚谊的前半生飘走了

所谓仁至义尽

所谓一个人的悲欢离合

之前无论有多难

后来都能很简单

——如果爱源于恐惧

一场场徒劳无益和得寸进尺的世事之后

只会刻舟求剑的你学会了

和这个尘世相视笑笑

和这个尘世敬而远之

若你们不爱我

山谷里的晚风生起来

我家门前的小溪也会流淌起来

月光漫天时

被你们爱着的夜色，让我也想爱它们

素食主义者没有脸，只能满身长着花和叶
怎样一个春去秋来的世道和溢着沉香气的你们
而我如今成了怎样的人
若你们不爱我

不要用看过宝石和红酒的眼神来看我
全无音信的日子里
如果你们想不起来我
我是否每天还是活着的

嚼碎赠予力气的那一口口情意血肉
记下最后一张张笑颜后
选择各自回到自己的一躯肉身里
朝朝又暮暮

人间这条自小就走的路，其实就这样了
一路用来照路的
那些骄傲的、易碎的句子和诗意
你们忘了吗

所见并非即所得

我其实夜夜在梦里走进我喜欢的和光同尘的大海里

大地间，一条条河流四处流淌

一次次痛苦祈愿后，一切依旧

那个草长莺飞的春日呢

此刻已是天高地远的秋天了

束手无策的悲伤

有些东西应该还在

而你不能一直等着阳光过来照耀

你必须自己站进来

顺其自然也许是简单安全的法则

而"束手无策"的悲伤在我的人生在世中却是耻辱

所以我如今沉默寡言了

所以我什么也不要了

憨憨的大地像是知道我长成了一个自弃的姑娘

安顿我此时坐下了

此刻我落座在一个木头搭建的台阶上
南太平洋的海水围绕着我
而四周喧闹明艳
众生欢颜

一个人年轻时残留的意气有限
用完了就支持不了一直清高的身形了
你手上的玫瑰花到黄昏就扔掉吧
不是我曾经受不起
而是我终于自己学会种植它们了
原本世间温馨的长久就是一种朝朝暮暮
而你至今依旧喜欢抱着自己疼爱

一墙墙的幽暗世间穿过之后
世间的门都打开了
一条条撒满春天般的柔柔光泽的天边道路上
涌满了自由的风

肉身的沧海桑田里
一种和又一种的生活下
我们的信念纷飞绚丽

互相对比的笑颜致意里

我们弯弯绕绕抵达着彼此

抵达自己

始终不肯直接在这世间肆意呼喊

冬去春来

绕过那树木内部的幽闭

你此刻正被一朵朵桃花慢慢消解、超度和照亮

一种姿势永远温柔

你低头，她仰头

春阳轻美

想象你眼眶里的荡漾

想象你脑海里闪现的模样

你此刻心里面舒展开来的枝枝蔓蔓要伸向何方

愿意被这样的日子驯服

你嘴角上扬掠起了笑意

作为一种相处之道，你们依旧穿着优雅，彬彬有礼

学习花瓶中的一枝枝玫瑰花，又好看，又能表达

爱如果该理所当然地这样

爱如果不该理所当然地这样

一份好的愿望就是用自己喜欢的角度去想象

又一年的欢天喜地揭开

这人世间的华丽场景

开演又一段直抒胸臆的新话剧

歌唱吧，伟大的冬去春来

歌唱吧，伟大的苦尽甘来

桃　园

我们画优美的长方形

我们画稳重的正方形

我们画含蓄的椭圆形

你妈妈给你的，别人给不了你

你给我的，我也不想要

我有自己的儿子

我们该活在自己的尺寸里

我们的碗里也是淀粉和碳水化合物，配茶或咖啡
红花白花，阔叶细叶
活一天又一天，阴天下雨、晴朗多云

至于为什么她病了，然后就死了
他为什么整日精神抖擞，喝酒吹牛
为什么我胃疼，你发胖，她信佛
各自状态吧
就这样的吧

自己过着的人生就是世界的真实吧
你可以活在你的一方桃园里

生活的温暖和爱总是靠自己定义出来的
你是生活的儿子，也是生活的父母
你是生活的爱人，也是生活的负心汉

如果愿意，你无所不能

贴　纸

被误会的路和时间里
每一句话都答非所问
热爱和厌恶同时出现

你说你不知是哪天丢掉了你珍贵的贴纸
我也没有捡到

我甚至一直也没看到过

一亩亩南瓜地、番茄地里
收获人远远地注视着你
你注视着我

暮色四起

无　非

无非成为父亲、母亲或儿子、女儿

也无非戛然而止或颐养天年

无非在生活之上或生活之下

无非爱和不被爱

无非一个人发呆、沮丧或迷失

仓皇在汩汩流逝的时间中

想通了或继续纠结中，整个夏天都会一直酷热

我们得吃水盈盈的西瓜或汗淋淋地跑步

如他们洒脱，会此时此刻地快乐着

如她们谨慎

喜爱在第二天或更久后去感受回头的轻盈

面对一本本书和一个个过来人

必须倒一杯五十一度的烈酒

看它们语重心长和道貌岸然

世间无非凶多吉少

而我们其实心安理得

一个人不过一个姿态

无非诺言般地站立或无赖似的趴着

在可有可无的柔软里

我们无非相见甜蜜或别后淡薄

我们无非迎面寒暄或转头陌路

我们无非就是把自己的一摊日子收拾好

再和这个今生说再见

我们也无非就是正好走在了今生而已

天地日月精华的给予和回光返照里

我们映出了不同的光泽

所以何必这样表现着上帝一样清澈高贵的模样

我们能分享什么呢

无非只是一身身泥沙俱下般的人性

说来世有莲花宝座

此生幽暗的湖里

我们无非就细看一枝枝荷花如何净出污泥

怎样立于风中、摇曳成蓬果的知足

心甘情愿

被打动的感觉

弥漫过你一身或一整天

然后你一直晃悠飘动，无所事事着

你仔细想想啊

其实过去并非美好和深情

站在此刻的回眸里

是你用自己的一腔爱意添加了它众多色彩

以为真能做成一个真实可人的爱人吗

真心里的爱是什么呢

谁又有能力拥有到它

面对着它的一条条恩慈光芒的标准

反正你应该也没有了

反正我是不要了

今生

我心甘情愿地

借月光和晨风的多情善感

借知识的深远和万事万物的辽阔

只做它的一位仰慕者、追随者

一路同行

日子每天都会是尽头

比如

你看错了路口

你攒的力气突然用完了

走着走着

花谢了

路腐烂了

这世间神秘莫测，是个无底深渊

凭你这样活着，你能想得到什么啊

那些不可能的心愿，你才愿意直接诉说和每天吟唱着

五月的大路上，你望着人群

人群望着树上的小苹果和汩汩流水

神仙坐在山边的一堆堆刺眼的云上

日子天天如期而来

她默默地活着

他大声地唱着——天地间各种呼唤和吆喝

一路同行

行者们不同的模样

柔顺的竹梢顶上正酣睡着午后的一丝风和一缕光

还会有无数的风和光，此时多愁善感地来临

赞美诗里经年歌颂着极乐的天堂景致

我们生长在春天里，有着太久的信以为真和努力不懈

而怎样的脸，才被万事万物无端养育和欢愉着

一条条的世间路上

稗草念生念灭的涟涟悲伤

如何的高高在上，如何的爱恨情仇，都是意气一场

我终于再也不好意思拉着你的手说一些悠远的情话

永远的路上

生不带来

死不带去

颐养天年

把糖果还回去吧
那样的香甜不属于你
这个世界的一切都只是摆设
我们只是两手空空地走过

你不要回头看那条从天而下的来路
自以为耗尽一生
而一生只是上苍赐予我们玩耍的一把筹码

过客也要有过客的样子
什么也不可以带走
黑暗中折磨自己的一双手和两只脚
到处翻越和攀爬

今生的天真高，地真大
一路上
一口一口咬自己
来喂饱自己
如此的，颐养天年

余 香

——致 BD

你描述爱，赞美爱
你自己没成为爱

好多好意流走了
没被接受
世事的秤砣里
一些人都没啥分量的
无情之人嘛
一身自私自利的肉而已

满足和欲望的愉悦是快乐尽头的一条不归路
你如今空空的心更愿意赠人玫瑰
然后再一个人细嗅余香

生活终究洒落成屋前屋后的烟雨和斜阳
挺好的余生呢
此番模样的别过

而如果你是一枝花

一株树

我才不知该怎么办呢

无爱无恨

是人和人的高境

也是可耻可笑的下场啊

月白风清

——致 QT

如果此刻才开始正式生活着

你赠予的月白风清应该戴在哪根手指上

你远远地睥睨着今生的四周

我低头面对一个花卷、一碗茶

和花盆里爬出的一只小蜗牛

我们终于依靠着彼此，各自成为自己

其实，一个人哪怕再大年纪

也有力不从心的独自负载

要每天托起自己的一方风和日丽
保证早出晚归的时间能自由地在人生里通畅着

起初以为的人生在世是什么呢

如今你白天守护着一头顶的太阳
夜晚守护着一屋顶的月光
余生因此就感恩戴德
各就各位的渴望和捍卫里
每天的忙碌和按部就班是表象，也是救赎

把尘世上每一个相遇当真就好了

哗啦啦的河水在大地间四处流淌着
人们深一脚浅一脚地走在长路上
风吹星摇的尽头会是一脸脸的感动和怀念

不会再说最终空空的悲哀
不会再说曾经以为的喜悦
眼睛里装着眼睛
汇入人群

结伴同行

至小无内

哪敢发声
唯赤焰般的光线、花朵和绿叶占据此刻的山河大地

把门关上，屋里阴凉
风吹着湖畔，绿树长在窗前
一笑的尘缘，一念的清净

把好看的衣服穿在里面
沉默寡言
人到中年
面对一只只夏虫
自己是寒冰

独自在黑夜那里，那里依旧有花，也有新鲜的河水
大地此刻是一头大象啊
如此的身外之物
我可以据为己有了

趁着夜色搁进自己小小的身躯里

至大无外
至小无内

远　方

此刻
挚爱就是一个形容词
描绘给我一盆火

真的慰藉不了世间
下雪后的身体冰凉

岁月幽深无边
一年比一年冷
再也无法给予和得到情意
你拼命搓手，包围自己

所谓真相，就是愚蠢
在死胡同口，看路的远方

不用关怀别人时，你拥有着自己
一场又一场的喜欢并非毫无意义
内心开始殊途同归
如今，你闲闲地叙起身边的事情和流向

怎么帅，怎么丑，谁是王子，谁是灰姑娘
对还是不对，都远去了

一些素朴的词句浮现并加深
平静、辽阔、自由，黄昏、夜晚、晚年

人生没有理由可思念时
有一种孤独漂流在海上

足　够

春天的各式模样后
懒洋洋的夏天就来到了

阵阵恬静的微风里，你出远门
我也没说句道别

如今

我们终于把生活沉浸在凉凉的湖水里了

一脸的平静和绵长

一些誓言和一些坚持足够相伴，直至年老

比如，窗前长一棵绿树、停几只鸟

溜过一缕云就是风情阴凉的优美夏日了

比如，一瞥一眼，一杯茶，一个六月十二日就足够

芬芳每一个寂静无人的晨昏

足够的你

足够的我

如此富有地活着

墓 志 铭

太重的夜

一山月光，一树清风就好

出世就是出世的一种样子了

你的深情太廉价

真的，给个肯定或否定吧

相信她，她给予了她一个路过者的礼节和诚意

你看她，留下了一路上口袋空空的晃荡和表白

此刻落叶纷飞

不需要再借助于星空、月光、月光下的湖水

和日复一日下静寂的时间

继续酝酿今生的优柔容颜

狭路相逢里

为彼此写一份正楷的墓志铭吧

一个停留太长久的世界

一切太真切了

一切太模糊了

城里的月光

回音、喇叭和演员

好多词语指向你

秋天席地而坐后

你仰起头看天

天依旧很高啊

秋阳不温暖啊

眼睛好酸啊

一个人怎样成为一个人的

几个人怎样成为一个人的

人到中年

脸颊上处处有斑痕了

再拿什么证明始终如初的洁白和爱意呢

数个流年里

日子平凡而又琐碎

半打牛奶、半打咖啡倒进一只淡蓝瓷杯里

才兑出自己的那口绵软滋味

一个普通人的美好路上

被轻笑和薄待后

也许就污成世俗以为的贪婪了

而其实

小草也是青绿的

泥土也是干净的

所有的活着都是被允许的

大不了就

你们先行抵达高境呗

大不了就

我们避而不见呗

大雪纷飞时

你们喝酒欢愉

我继续远行——

池塘中坐着一个人

——致BFY

楼下池塘，十几缸睡莲露出圆圆的小叶子

太阳普照，水里散发着色彩斑斓的倒影

我每次经过都直直地看过去

脑海里

就出现一个人

他正坐在人间的湖水上面

写着一行行莲花般的句子

他的王家庄

他的王家庄河上漫无边际的浮萍

他的八十六只鸭子和一船船的鱼

水边的庄稼地里

茂密的玉米、棉花和紫花瓣瓣的蚕豆

他的玉秧玉秀和端方坐在水草浮动的码头边

害羞地聊着天——

他把他们一个个地捧出了水面

让盲眼般的我们看清被覆盖着的生活下面

这世间上的人和事——种种模样

从爱恨交织的深陷淤泥里长出来的时光

曾经多么疼多么痛

如今多么亮多么美

从无到无

永无结果
沉默不语的冬季之后
春暖花开之后
数年流逝之后

白白浪费的人世
白白耗费的我们

当我接受这样的形式
结果竟然是坦然

从无到无
远胜过从有到无

荡　漾

守着一湖水，只愿意养大一条条鱼
你如今只有黑色淤泥般的心愿

岸上，一行行行人，一株株树，一簇簇花

又一年春生秋熟的轮回开始

喜悦、欢笑、着迷、入梦

日子都这样度过着

清醒的人从不沾沾自喜

也不死里逃生

只一日日地奉上自己的风吹日晒

有人捡拾着树下的一瓣瓣桃花

投向了水里

一片洇红了的湖面

一条条鱼迅速游了过来，旋而又散去

水波荡漾开来

水面慢慢收拢

"花不是世上生存的食物

只是中途留恋歌唱的美

春天只提供美"

得 到

你此刻拥有的一切，摆放在我面前
我也不好意思和你说自己那些可怜的得到
也不能说那些每天的失去

岁月偷走的一部分
你带走的一部分
你可会笑我如今何以为生着

原谅我依依不舍着
允许我依依不舍着
所以，你好
所以，再见

有些爱意就是这样
"度一切苦厄
心花怒放"

方圆几里

一种一直很好的"好"
一种越来越好的"好"
哪一种笑着的眼纹看起来更娴静

一种永远地相忘于人海
一种一直地相敬着如宾
哪一种深埋的心境更加叫人浮出泪水

人生在世的一步步
重重又轻轻
幼稚处
轻浮处
时间如风吹动着发梢和裙摆
我们常常走得并不真实

始终方圆几里的相隔
我们不住回望
今生的回避和珍惜中

深深庭院繁茂耀眼

年华如水，溶溶曳曳

岁月在等谁

架起的一个个流年

光和影的眉心交错

始终相映在这个风吹草动的山川湖海上

丰　收

你也深信

你内心的悔恨来自自己

我也深信

我内心的漠然来自自己

一场美和丑的冲破

离开地球表面的高温状况

你后来笑着说是你赢了

我只好低头走了

看来看去

你也不太白

我自然变黑了

我们最终获得

一身风吹日晒的黝暗皮肤

蜉蝣之类

避而不见的依旧是距离

一条走不进去的暗道

橘黄色的那种光没有呈现

有轻轻的歌声

对面楼的屋子里

有遥望和凝视

千里之外，明月悬挂在海边

等风来

骄傲的不是你，也不是我

衣食无虞后

人们失去了之前的活法

春风拂面理所当然

地下通道的三个出口搭配着七个进口也无动于衷

多种感受里

时间停住了钟摆

已不会后悔，也不需要后悔

日子顺其自然地流淌

三月的桃花没看见，就看四月里的海棠花吧

五月的蔷薇花吧

意识到辽阔和丰富

意识到有限和力薄

红色的花，绿色的春天扑面而来

仿佛醉生梦死着

又或朝生暮死着

孤芳自赏

大地回春空静，窗外此刻通透

有就是无，无就是有

若爱，若恨，尴尬羞愧都是自找

难看的旧裙子、对门的假闺密们

你凝看自己的旧眼眸

怎会有这等糟心的喜好

清风般的时间会说这都是你需要的修行

等你弄懂了缘由

你看不上她们，她们其实也看不上你

爱恨情仇最后会落得离群索居式的躲避

深山孤海

异国他乡

眼不见为净，为忘

绝不柴米油盐、粗茶淡饭下去

沧桑的岁月日夜把世间装进你的身体里

你可以一个人自娱自乐起来

你可以一个人孤芳自赏起来

回　来

"始于暴风的爱，终成静水深流"
一天天在失去自己和力气
已经没有能力再思考和付出
"唯有一片持续而低沉的悲伤
在生命脚底下延伸"

那么，让我重新歌颂世间的一尘不染和月白风清
夜深人静下的星光和习习的林中晓风
我淤泥般的大脑，白莲花朵朵绽放
天堂在上
众神在上
弟子在此

即使是四月
即使窗外柳枝曳曳
我知道，那片海没有了
你没有了

那个孤单的我又被退回来了

既见君子

置身在二月之外
不承受它的喜怒无常和冷若冰霜
在早晨的梦里看见祖母的慈祥笑脸

你走后
这样的季节就不属于我了
院子中的一粒粒蜡梅花宁静至脱落

成熟的爱欲
一尘不染
既见君子，红尘惘惘
窗外由蓝变成了绿

总有一些人在春天走失
有些人还是去年年底的样子
各自的哀矜和隐匿里
岁月兀自明亮

楼下的空地上
落下一道道淡白色的光影

路　过

一条东西的路走了无数遍
你依旧静悄悄地走着
既不去破坏，也不去冲撞

所有的深爱都是秘密

路边的花朵
默然绽放和缩小
掉落和消隐

你，仿佛一个一无所知的人
你，仿佛一个过路的人

落　脚

后面的时间依旧交给你，依旧你挥刀

我扶住那些过往

前路空旷清澈
黑夜更黑，白天更亮
春天此刻起只意味着温度和耕种
整个夏天只有金色的风追着太阳游荡

在一个普通的小镇
拥有一间种着青菜和栀子花的低低屋檐
河对岸
每天网上聊天，煮红茶
吹无调的哨音，应和知了无序的嘶鸣
做有着各自门楣的二户乡邻

今生的一张地图上
划掉必需的直线和三角形
能绕起自身的圈越来越小
最好就绕成这样一个圆点落下脚
从此遮风避雨，四季清凉
四周都是高高的围墙
敲敲，天地般的远远回荡声

二更吼两句
"天干物燥，小心火烛"

鸟看见我了

一路上，阳光照耀我
我被衣服裹得严严实实，嘴巴紧紧嘟着

一树树花，一朵朵立在枝丫上，矜持娴静
它们知道自己对于春天的巨大分量

风很大，竹林深处摇晃起来

暖暖的脑袋里冒出一些词
阳光猛烈，万物显形
某个人，应该说是一个知名的小说家
在一个三月的下午
曾经亲切地回复过我
告知我关于早春一个人温暖的真谛

说：鸟看见我了

女 儿 情

一杯奶茶和一支冰激凌
模仿单纯
回到以前

千里之外的午后
太阳也暖暖地落在她们面前
亲爱的妈妈和姐姐
我已经不忧伤
回不去的一个个起点
注定了我珍藏的美好已被时间高高挂起来了

我此刻每天看着它
我此刻被它柔柔地映照着

因为你们永远明亮的爱意
我出落成一个真挚的姑娘

一场大梦

一场大梦里

呼唤我的是另一种声音

他以一种嘻嘻的笑意叙述着他的到来

他那种一直不明就里的肤浅和奇异自然的热烈

他反复脱下他的鞋

让我看他光滑如新的脚底

告知我他一个人能够沉静生活下去的真相

其实，我如今已经不听自己的话了

我如今很愿意

跟着窗外的夜风夜雨

跟着一条长满青草和大树的路走失在世上

岁月般地天荒地老而去

要什么情感啊

妄图做什么自己的主人呢

这个只凭着能力而非情感生活着的世道

人人都在为所欲为着呢

亲爱的大梦

可否从明早起

让我亲切地和白天里的一切相敬如宾

可否从明晚起，在你那嘻嘻的笑意里酣然入睡

平　静

只有剩余的部分，仅有的半支口红

只有剩下的日子，你抱紧自己或停落远方

已不够计算，不够中庸

你贴近脸皮，甜言蜜语

开始不停地诉说自己，描绘从前窗口的一轮月亮

良辰美景，身体里升起

久违了

要久违了

一切已来不及重新唱响了

玉兰花此刻已经全部掉落多么正常

樱花开始大片大片地盛开多么正常

你内心的恐慌和渴望多么正常

时间如水
日夜兼程流淌的世间
逝去和失去多么正常
杨柳依依是多么正常

我们再次陌生起来是多么正常

生　活

一滴滴蜜糖，江南一地地的烟雨
一根根稻草，春满辽阔的窗檐下面
一场场风雪，架起滔滔江水上的一条东归路

我真想说
我不需要你，我从来不需要你

我有时信誓旦旦地说着爱你
只是我的身体
只是我的妈妈

说我需要你

十万八千里

再看到那些污泥和损害
人群里，你一再降低的标准
逼你直接回到道理的反面

一张生活里的阴阳八卦图就此打开
世间不过是禁忌和反禁忌的时间轮回而已
山依旧是山，月亮自上面升起
永恒的天庭，以及夜和夜风吹着

就是自由的眼睛此刻被岁月深陷于心间
云朵落寒潭，幽兰立空谷
沉默不着一句诗句和情话
遁居在人世风尘外的年纪
锦瑟美，流年冷

怎么总是
自己和自己

别人和别人

最初和最后

相隔十万八千里

是　谁

此刻太阳珍贵

我不洒落一滴水

不歌颂和感叹任何吹过来的风

你此刻站立在哪里

怎样的角度

在蔑视还是仰慕

时光的年底

此生又一路上纷纷扬扬的过客啊

被谁视为着榜样

被谁需要着年复一年的天真烂漫

那些被认为的优点并不是你本身

他、她们被自身的春光指引着上着红尘万丈里的当

这世间有什么好

这世间有什么不好

清清楚楚的

我的心，你的心，人们的心

于是，每天、每晚都可以是结局

漫天大雪吧

谁都喜欢干干净净地重新来活

三月，快来

我们是谁

一双双碧绿新鲜的春天眼眸里

直接闪耀吧

"初次见面，请多关照"

未曾想到

言辞如午间的风

吹拂出人世江湖上的缕缕光亮

你永远远远站立在那里

那静静微笑的身影，始终牵着我坚持地活着

一瓣瓣流水上的落花如今被我们一一捡拾
在哪里长出来的，依然在哪里掉落
依然又在哪里被惦念和藏起

当一个倾诉者成为一个真实的倾诉者
当一个树洞成为一个真实的树洞
楼下的车水马龙里
就只有平和的黄昏和松暖的道路
温柔的海棠花和四点钟准时喷水的喷水池

春天的眼睛和手
每天凝视，每天修剪
荼蘼的花朵安然地垂挂在
每一个绿莹莹日子的框架上

我们未曾想到过
爱情里有这样一种休养生息的动人场景

午　后

君子不仁
肚子饿了就吃饭，困了就睡觉
从不会改变

生活就是一场场新鲜的误解
红尘日日如同回忆往事
这朵，那朵
这里，那里
这脸，那脸
都似曾相识

走了，来了
来了，又走了
这个鲜花盛开的四月午后
街头巷尾空静如河水
你只仰着头，闭着眼
欢天喜地地照耀着这从天上落下来的无边阳光

戏 台

那些秋天里撕心痛哭过的一株株花树
此刻又新芽展露

躲避不了的喜怒无常
似乎只有深深地安居其间
自己指引和宣判它们的去向

笑不出来时也不背负这世间无边的苦
那没完没了的雨和雪
漫长的冬天
混乱蛮横的脚印
四分五裂的岔路口
都是人生在世的平常相
普通人就普通人的模样吧
从三个月的冬眠出来后
我不自然地笑了，你紧绷着你的肩头

天暖和了，接下来的时光青衫布裙

虚拟起四周的一个个看客，一个个舞者

自得其乐起来吧

不用说成全，连俗套的那种情意都可以邈远

一年年花谢花开的悲欢离合之后

人间就是言深情浅的戏台

你生我旦他净伊末卿丑

我们演各自的姹紫嫣红和良辰美景

一出《牡丹亭》，一幕《长相思》

扮相俊就好

音色亮就好

水袖长就好

想到你的意义

——致 T

想到你的意义

眼角看到一朵紫色的玉兰花躺在台阶上

二月暗黑的天穹

风在远处升空

雨雪，又一年的刀剑

隔着盔甲刺进寒冷的大地

又一年春暖花开了

可你又走了多久了呢

嘿，你在好久不见的故里

有夜夜的星辰美梦吗

梦里可有一地流水般的月光在你脚边绕着

江湖河海充满了你

轻言彼此人生无意义的那一天

我们直接就走散了

至今为止

各自生涯里

再也没学会拥有和得到

成了这世间地地道道的过客

年年植物般随风随雨

随意地红红绿绿着

一屋子风的家

看着那风的流向
从屋前绕到屋后
从屋后绕到屋前
拍打着窗棂

它们试图要进来
它们也怕冷和黑吗
也想有个温暖安逸的家吗

想象，一屋子风的家

遇冷的雨叫雪

好像，只有雪才能打动你
你默默地看着
然后下楼
然后伸手
然后拍下它们

而我是风

无缘无故的风

总是突然而起

等到吹向你时

所有的初衷一路上都散落了

人生哲学里

一种修为

一种走向

并非不明就里

愿

心境没有抵达

就不能否定那些未曾开花结果的日子

比如冬天，花可以开在屋子里

大地也安排冰冷萧索的冬季

在那些有意无意的冷冷热热里

如今的我，已学会去人群里寻找活着的喜悦和温暖

今生继续要度过的大河高山前

愿我已有够长度的腿

愿我已有够柔韧的骨

愿我已有够深陷的眼眶

愿我已有够明亮的心灵

再不误解和妄念

愿你足够好

愿你继续欢乐

愿你继续成为蓝光闪闪的海岛

夜空的白云

回眸人的笑容

愿时光飘荡

愿岁月遗忘

愿人间淡然和平凡

愿春花相信永久的爱

愿在这天高地厚的尘世上

也有我们曾经洒落其间的一片风和日丽

赞　美

你隐藏着生活
生活也就规范了你
想起照镜子时
你才看清了自己的样子
不能自由自在的光阴里
你一张灰青色的脸

你追求和喜欢的轻盈
像晚风、夏雨般的来去无痕
远远隔离着的爱恨，不是没有
而是不挣扎破执后
每天一副看山是山，看水是水的表情

何苦再说袖口和衣领上的种种难看和难堪
我们如今只赞美优雅的呈现和美好的得到
不再肆虐和凶狠
也不说自私自利和欺人太甚这样的词语
大爱后，大家也不说爱了

生活继续如流水，水面上泛舟，水面下潜水

你深藏的同情心和关怀不够高度时
高原就登不上去了
其实，不般配就不般配吧
你自个儿暗自珍爱和贴身取暖呗

赞美自己和指责别人其实都是道貌岸然
有时只不过是
看见了自己黝暗泛绿的皮肤泛出的一股恶心

当我们不能解决自身问题时
这人间永远就是这样的喜怒无常

种瓜得瓜

一个个不疼爱也有意义
严师出高徒
一位位老师一根根棒子
你长出了厚厚的背和肩

天生泥土般的性情

落在你身上的恩怨情仇都慢慢开出了花

不引火烧身不斗米养仇

时间的溶解里多高浓的伟岸

金贵和痴狂都堆积成一块块肥沃的前尘往事

你只种瓜种豆

你只水流花开

一缕缕清风吹拂在房前屋后

你舒展着双臂，说

"这日子，唉

这像一条河流经的日子"

总是无言以对的四月

如今

晚风如水也不意味着什么

风和日丽也不意味着什么

无论如何

一个人开始心平气和了就赢了啊

晨起站在窗前记录和赞美

心里出现诗句的时候

那些千里之外的时间里就下起了纷纷雪花

一片片断立在眼前

生活的一张地图上

经纬交错在一起

高山深海

无垠草原和森林

我们收藏着的道路日夜明亮地浮现出来

于是，想静下来活在当下时

一些红尘往事就每每转过身叫人泪如雨下

走　马

一些时候要回避

比如安排一场冬眠和远行

有时不说话

有时更不见面

时间在穿行

我们眼睁睁地看着

无能为力的步履

并不是一种年轻式的挥霍和浪费

空白处

重新填写各自的自己

完整一首好歌

给它配一些好听的尾音

拉长再拉长

从岁月里散发的"橘子香水"味

我们还要相见

我们再次相见

疆土辽阔

两个大王

这个三月

如果你种下了南瓜和玫瑰

我就着手制作水晶鞋和长长的白纱裙

明 天

眼睛或星星
看见或被看见
绚烂夏花的心里装着的其实是山高水远和天长地久

"明天"或者也是个庸常的词
雨水浇灌出来的心愿只会在大地上蜿蜒伸展
成熟了的花香隐落在泥土里封印守护
高高的山冈上，云朵依旧在袅袅浮动

亲爱的
其实你一直在走
但并不在通向我
我的双眼被迫指认天空的无垠后
我看着你变大变小，变远变近
我知道我们就快要被打回原形
我们就快没有了那种光线的意义

一阵一阵的夏风里再也没有昔日晃动的身影

时间永恒的吹拂里

任何远方和人

繁华和寂静

闷热和清凉

都是我们必将一一感受和经过的人间旅程

我们必将继续深深地踏进这尘世和它的山川河海里面

哪怕它面目全非

哪怕它物极必反

始终亲自使用自己的双手和双脚

拥抱和埋葬

同 行

我此刻准备回头了

我此刻准备再见了

我该拿出点什么作为告别

我的秋天

大地的秋天

你的秋天

都一样的啊

"一样的"

就这一句话

我跟着你的身影找寻了这么多年

意　趣

听话的意趣在于花朵般的美人

泥草应该以对峙的姿态存在

没有身形时就应该长长短短地打扮自己

好多时候你不配站在某一排时

就接受被亲切相待的那份受宠若惊

不自量力的像是你

更多的是这个被贴上标签的年纪

这世间所谓的贵贱尊卑

你一直也不在意

浓　烈

活着不过为了死去时
你那浓烈的不顾一切的爱就像是为了最终的淡薄

无法让心中的花草不枯萎
那就尽情地鲜艳着，鲜艳着
你耗尽所能，连同本领，捧上尊严

没有泪水和屈辱
万事万物并没有更多智慧的活法

走火入魔

也许，我能说出口的信任如此之少
就好比我不配拥有它们

也许，我就是在你们面前拿着一面人世间的镜子
一心想照出一种借以度日的满心欢喜

怎么融化般地出现

脸颊相近的蜜语甜言里

我们知根知底却缺一种淡淡静静的守护

月光照耀的湖对岸

人群远远跑动着

我围绕着一池莲水

寻找一张张走火入魔过的脸

芭蕉夜雨时

对话的重要，从里面散发出的光线

苹果一样地红里透绿

言辞落下的重量，溺水般呼救

一些根茎没了去向

黑暗里不知所措

叹息和哨响，心里此起彼伏

屠刀经常在心里举起，你一直觉得手臂好酸痛

而谁不是捂着胸口微笑着揽着这死不带走的一切

悲喜情仇不过一念之间

时间的眼眶里

日子也会湿润起来

不在一次次的默无声息中坠入深深的山谷

而是守一面绿湖，静享夜雨打芭蕉时

追　求

不必非要到月亮上去种桂花树

也不必非要要求吴刚去伐树

你的家门前，也不必挖出一条河

也不必跟着流水向四处漫延，波光粼粼而去

过于高远的人生在世

对浅薄的肉身是一个得不偿失的笑话

江　水

提了一桶水，一回头

一江的水看着你

你前行的方向，青草丛生的家园

意味着不再漂泊的朝朝暮暮

苦海无边时

长进一根根的黄瓜里面也是归宿

跋

一个普通人奔波在衣食住行的汲汲光阴里，又如何去安慰自己和他人，并证明自己那些活着的时光是存在着的？

诗歌的意义在最初的书写时像是个体的感知和表达：为了一份爱，爱这份人世间的繁华和苍凉，爱这份人生在世的得到和失去，爱这份"有"和"无"。而写到最后的意义就是一种和光同尘中的感恩和安宁心境。

因为我们经历的人生并非只是像"酒肉"那样穿肠而过。每天头顶上照耀的是温暖的太阳和轻美的月亮，它们就这么直接地照亮了我们，照亮着运载和流经我们的漫漫时间和万事万物。

人生在世，我们都看得见那些让我们觉得幸福和必须赞美的光和暖。

这本诗集写于2002到2017年之间，人生的中年时光，栖息在一份如水的诗意里看着大地上的清澈和光明。

"一切有为法，如梦幻泡影，如露亦如电……"而我愿意珍惜这些幻和影、露和电，记下它们。

愿你们也喜欢，愿你们也和我一样！

感谢生命里所有的遇见！感谢中国诗歌网和春风文艺出版社，感谢范龚申、韩喆、刘维。

李陈陈写于南京

2017.7.17